マドンナメイト文庫

夏色少女 いとこの無邪気な遊戯

楠 織

目次

contents

プロローグ……7

第1章　かわいい従妹のひとりエッチ……12

第2章　スクール水着で素股の誘惑……59

第3章　バスの中でのいたずら……109

第4章　花火の夜にエッチのおねだり……160

第5章　夏色少女の恍惚絶頂……188

夏色少女　いとこの無邪気な遊戯

プロローグ

ふとなにかの違和感を覚えて、豊住啓太《とよすみけいた》は目を覚ました。

ぼんやり寝ぼけた意識のなか、まず聞こえてくるのは夜の虫の鳴き声だ。

コオロギやスズムシ、キリギリスなど……いちいち聞き分けもできないほどの、音色も音量もさまざまな生き物の気配である。

都会の人は、田舎の夜と言えば物静かな場所だと思いがちだが、実際にはそんなことはまったくない。虫の鳴き声のほかにも、せせらぎの音、木々のざわめきなど、風情の違いこそあれ、都会で聞く幹線道路の騒音と大差ないほど多くの物音が、野山にはあふれ返っている。なれていない者なら、そのあまりの騒々しさに、寝不足になってしまいかねないほどだ。

けれどそんなもろもろの夜の気配は、啓太にとっては特に気になるものではない。

去年こそ受験で足を運べなかったが、大学に入る前は実家から近いこともあり、この祖母の家には盆正月だけではなく、月に一度は訪れてお泊まりをしていた。

そんな啓太にとっては虫の鳴き声など、聞きなれた子守歌のようなものなのだ。

だから彼の目を覚まさせた違和感の発生源は、それらとはまったく別のものだ。

(またか……)

呼吸を乱さないよう、身じろぎしないようにと気をつけつつ、啓太は心の中でそっとため息をついた。

「ん……ふ……あ、んんっ」

息を潜めて耳をすませてみれば、夜の虫の鳴き声に紛れるようにして、密《ひそ》やかな、どこか甘さを含んだ吐息の音が聞こえてくる。

加えて、ごそ、ごそと、これもまたほんのかすかに、啓太のすぐとなりで、なにか小さなものが蠢《うごめ》いているような気配も感じられた。

障子の向こうから聞こえてくる夜の田舎の気配からすれば、本当に控えめなものでしかないが、それらこそが、啓太の目を覚まさせた原因にほかならなかった。

(昨日に引きつづき、連続かよ。なにしてるんだよ、まったく……)

心の中でそんな悪態をつきながら、啓太はただただ途方に暮れるしかない。

こんな状況、いったいどうすればいいというのか。

同じような状況に遭遇して冷静に対処できる人がいれば、ぜひともお会いして、人生についてご教授願いたいものである。

「ん、ん、う、んんっ、ん、んっ」

だんだんと、密やかだった甘い声が大きくなってくる。

やがてそれに呼応するように、くちゅくちゅと水音のようなものも聞こえる。

つまるところ、要するに……今、啓太のすぐ横では、となり合っていっしょに寝ていたはずの女の子が、オナニーをしているのである。

悪い夢でも見ているような気分だ。

なにせ、彼女はなんとまだ小学生の従妹《いとこ》であり、さらによりによって彼女は今、啓太と同じ布団に入って、普通に背中どうしが触れ合うほど密着した状態なのだ。

基本的におおらかというかのんびりな性格の啓太だが、それでもこんな状況、悪態だってつきたくなるというものだ。

「う、んん。ん、んんっ、う、あっ」

啓太のそんな内心を嘲笑《あざわら》うかのように、やがて甘い声と身じろぎの気配が、だんだん、ほんの少しずつ、激しいものになってくる。

「んん、う、んんんっ、あ、あう、んんんん……っ！」

なんとか声をあげずにこらえている様子だったが、そんな自慰行為の中でも、やがて十分に快感と興奮は高まってきたらしい。

ひときわ甲高く甘い声をあげつつ、ぴく、ぴくと小さな身体が痙攣《けいれん》し……そして触れ合う彼女の肌が、瞬間的にかっと火のついたように熱くなる。

啓太はただただ、内心呆然《ぼうぜん》とするしかない。

こんな状況だというのに……なんと彼女は、絶頂まで昇りつめてしまったのだ。

「ふぅ……はぁ……ん……はぁ……」

彼女はどうやらそれで満足したようで、やがて呼吸も身じろぎも鎮まって、安らかな寝息を立てはじめた。

「………」

十分に時間を取ったうえで、啓太はようやく目を開け、すぐとなりに目を向けた。

街灯などほとんどない田舎だが、障子越しに射《さ》しこむ月明かりは十分に明るく、愛らしくあどけない従妹の少女、御厨《みくりや》陽向《ひなた》の容貌がはっきりと見て取れた。

黒く艶やかな髪。やや日に焼けた肌。目を閉じて静かに寝息を立てていても、活発でやんちゃな性格がにじみ出ているような、そんな美少女だ。

今は布団に覆われていて見えないが、体つきも容貌と同様で、第二次性徴を迎えて胸もとや腰の曲線がなんとなくまろやかになってきたとはいえ、色香を云々《うんぬん》するのは論外の、どこか少年じみた雰囲気すら感じさせられる。

そんな、まだまだ色気にはまるで縁のなさそうな少女が、つい今しがた、文字どおりに触れ合えるような啓太のすぐとなりで、自慰行為にふけっていたのである。

悪い冗談にしか思えない。

以前は性的なことになどまるで興味など持っていなかったのに、啓太と会わなかったこの一年で、いったい、なにがあったというのだろう。

(昼間の川辺もそうだったし……なんなんだよ、もう……)

ふたりきりになったとたん、彼女がこんなことをしてくるとは思いも寄らなかった。

陽向とふたりで生活するのは、せいぜい三日ほどの予定だ。

そのくらいたいしたことないと軽く考え、彼女の世話を引き受けたのだが、とんでもないことになったものである。

(……どうしようかな)

これからのことを不安に思いながら、啓太はぼんやりと天井を見あげつつ……なぜこんなことになったか、その発端となった昨日の出来事を思い出していた。

第一章　かわいい従妹のひとりエッチ

1

啓太は、本家が家を構える七霞《ななかすみ》という土地の名前を、密かに気に入っている。

由来としては、この地の標高が高く、霞が七重にかかるほど遠くまで見わたせるだとか、おおかたそんないわれからつけられたものだろう。

シンプルだけれど、なかなかに雅《みやび》というか、風情のある地名ではないだろうか。

実際には最寄り駅から一日に三本しかないバスを使って、おおよそ四十分ほど揺られた先にある、どこにでもあるような山奥の限界集落でしかない。交通の便が悪いうえに人口も年々減りつつあり、なにをするにしても不便な土地だ。

しかし啓太は、そんな不便きわまりないこの地に、なんとなく愛着を持っている。

街の喧噪《けんそう》などとはまったく無縁で、絵に描いたような古めかしい家々が立ちならぶ光景はなんとものどかで、そんな田園風景を眺めるだけでも気分が落ちつく。

少し散歩をすれば、清らかなせせらぎがあったり、さまざまな草花の生い茂る野原もひろがっていて、コンクリートだらけの町中でふだんを過ごす啓太にとっては、間違いなくそんなもろもろの景色は癒やしになっていた。

そして同時にここは、車を使えば実家から二時間そこそこで着けることもあって、両親に連れられて月に一度は足を運んでいた場所でもある。だからだろう、日常からかけ離れた雰囲気の土地でありながら、この七霞の里は、啓太にとっては第二の故郷と言ってもさし支えない……要するに文字どおりの、彼にとっての田舎なのだ。

さて……そんな七霞の里の東の端、集落からやや離れた坂の上にある、里の中でも指折りに立派な建物が、啓太の本家、御厨の屋敷である。

聞いた話では築百二十年ほどにもなるらしく、古めかしい土蔵があったり、かつて囲炉裏があった名残で天井や梁《はり》が煤《すす》で真っ黒になっていたり、あるいは炊事場が土間になっていたりと、そこかしこに歴史を感じさせる屋敷である。

「ただいま……と」

誰もいないことを承知しつつ、啓太はいつもの癖でそんな声をあげながら玄関を開け、提げていた荷物を下ろした。

広い屋敷の中は、しんと静まり返っている。

つい昨日までは大勢の親戚連中が集まっていて賑《にぎ》やかだったのに、今は人の気配はまったくない。

明かりのたぐいもまったくつけられておらず、昼間だというのにどこかほの暗くて、夏とは思えないほど、そこには物寂しい雰囲気が漂っている。

「……なんか、静かだな」

「みんなが帰ったら、いっつもこんなもんだよ」

別に話題を振ったわけではないのだが、横からそんな反応が返ってきた。

啓太のうしろをついてきていた小学六年生の従妹、御厨陽向である。

去年は帰省していなかったこともあり、今回、約一年ぶりの再会をしたのだが、その わずかな期間で彼女の印象はずいぶんと様変わりしていた。

前はもう少し気弱そうで、おとなしい印象の少女だったのだが、そんなひ弱な雰囲気はもうほとんど残っていない。肌は健康的に日に焼け、以前はストレートロングに伸ばしていた艶やかな黒髪も、今は活動的にポニーテールにまとめられている。

ぱっちりした目もとの目立つ容貌も相まって、色気には乏しく少年じみた活発そうな雰囲気が先に立つが、それも含めてかわいらしい女の子だ。

「そうなのか」

「学校から帰っておばあちゃんが野良してたりすると、もっと静かだよ」

こんな人気のない静かな本家は啓太にとって初体験なのだが、諸事情があって親もとを離れ、祖母とこの家でふたり暮らしをしている陽向にとっては、よく見知った、なれっこの風景であるらしい。

「おばあちゃんなんか、みんな帰ったあと、じつはいっつもしょぼんってしてるし」

「ああ……ばあちゃん、あれでけっこう寂しがり屋だもんなぁ」

陽向の言葉に、啓太は苦笑した。

啓太と陽向の祖母は、かなり気の強い、肝っ玉ばあさんといった人なのだが、なにか用事があったりして会う約束を反故《ほご》にされたりするとしばしば拗《す》ねたりする。

現に啓太も、去年は受験勉強に集中するためにまるまる一年間、ずっと帰省をしなかったのだが、そのことを根に持たれて「一日二日くらい勉強しなくてもなにも変わらんだろうに」といった感じの小言をずいぶんいただいてしまった。

「しかし……まさか、ばあちゃんがぎっくり腰で倒れるなんてな」

「まあ、おばあちゃんもトシだし。でも、よかったよね、何日間か入院するくらいですむみたいだし」

そう言いながら陽向は玄関先に荷物を下ろし、屋敷のあちこちを駆けまわって窓を開けはじめた。屋敷の窓はどれも古くてかたいのだが、陽向はかなり手なれているらしく、その手つきはよどみない。

啓太もそれにならって窓を開け、同時に屋敷の中の明かりをつけていく。

「……あ、気持ちいい」

それだけで、屋敷の中に活気がいくらか戻ってきたような気がした。

七霞の里は標高が高く、冬場になれば豪雪地帯になるほどだが、そのかわり夏場は快適で、昼間であってもうだるような蒸し暑さはあまりなく、クーラーをつけなくても風に当たるだけで十分涼しい。

風の中にほのかに漂うみずみずしい夏草の香りや、あちこちから聞こえる蟬《せみ》の鳴き声の賑やかさも、田舎特有の風情があってじつに心地よいものだ。

「窓を開けるだけで、だいぶ違うなぁ」

「ね。すっごく涼しいよね」

そう言って、笑い合う。

さっきまで慌ただしく町中にいたせいもあってか、ようやくこれでひと心地ついたような気がした。

「あ、そうだ。ねえ、啓太兄ちゃん、今日はあたしがご飯作るからね」

「いや、俺が作るつもりだったんだけど……陽向ちゃんって料理とかできたっけ？」

「おばあちゃんといるときは、あたしもよく料理してるもん」

陽向は笑いつつ「だから任せて！」と力こぶを作るポーズを取ってみせる。

「ていうか、啓太兄ちゃんこそ料理、できんの？」

「ひとり暮らししてるしな。簡単なのだったらできるよ」

「あ、ならさ、いっしょに作ろうよ。どっちがおいしいの作れるか、勝負ね！」

なんだか終始ハイテンションにそんな提案をしてくる。

どうやってここ数日飢えをしのぐかという話をしているはずなのに、瞳をキラキラさせたその表情は、まるでどこかへ冒険する準備をしているかのようだ。

「なんか陽向ちゃん、ちょっとわくわくしてない？」

「だってちょっと、キャンプみたいじゃん」

にかっと笑顔でそんなことを言う。

ふと、啓太は思う。

あるいはなんだかんだで、陽向もここ一年啓太と会えなかったことを寂しがっていたのではないだろうか。

事情はさておいて、数日間、啓太とふたりきりで生活することになったこのシチュエーションを、彼女は心の底から喜んでいるようだ。

そういえば……そもそもの話、ここ何年かは、帰省しても啓太は、陽向のことをまともに構ってあげられなかった。

帰省したら帰省したで、墓参りの仕度の手伝いや、祖母や陽向のふたり暮らしではおろそかになりがちな、屋敷のもろもろのメンテナンスやなんかを優先することが多くなっていたのだ。

別にそれで、疎遠になっていたわけでは決してない。

顔を合わせれば変わらぬテンションで楽しくおしゃべりをする仲ではありつづけてはいたのだが、けれども陽向は陽向で、そんな状況に、やはり少し思うところがあったのかもしれない。

「ねえねえ、せっかくあと何日か泊まることになったんだからさ、昔みたいにあちこち行って遊ぼうよ」

「お、いいよ、もちろん。なにする？」

「うーん、いろいろしたいけど……川遊びは絶対したいな。あと、あさってね、下の里のほうで夏祭りがあるんだって。そこにも行きたいし。それから、それから……えーと、えーと……そうだなぁ」

おそらく、ほかにもいろいろとしたいことがあるのだろう。

たった数日間では、ここ数年間の寂しさの埋め合わせをするには短すぎる。そのことをもどかしく思いつつ、どうすれば限りある時間をいちばん有効に使えるかを考えるのに、陽向は頭がいっぱいのようだ。

(この様子なら、大丈夫かな)

そんな従妹を見て、啓太は少し安心した。

事情が事情なので、啓太としては、陽向が心細くなったり不安がったりしないかと心配していたのだが、少なくてもそういったことにはならなさそうだ。

となれば、啓太がすべきは、陽向といっしょにこの数日をめいっぱい楽しむことだ。

「どうせだったら、もう今のうちに夕飯の下ごしらえをしとくか」

「あ、そうだね。じゃあ、お米炊く準備もやっとかないとね」

うきうきと身を弾ませながら笑顔を振りまく小さな従妹を微笑《ほほえ》ましく思いながら、さて今晩のおかずをどうしようかと、啓太は頭を悩ませるのだった。

2

　ことの発端は、例年どおり七霞の屋敷に親族一同が集まり、墓参りや恒例の宴会が終わったあと……親戚連中がひとりまたひとりと帰りはじめたその矢先に起こった。

　ふだんどおりの生活に戻った祖母が、野良仕事をしている最中にぎっくり腰で倒れてしまい、病院に運びこまれる事態が発生してしまったのだ。

　検査の結果、腰を痛めた以外は特に問題はなかったが、年齢が年齢なので、大事を取って三日ほど入院することになった。

　それ自体は大ごとにならずよかったという話なのだが……ここで問題になったのは、事情があって祖母とふたり暮らしをしている陽向の処遇である。

　陽向の両親は、すでに遠く離れた都会に帰ってしまっていたうえに、どちらも勤め先で重要なポストに就いているため、すぐに七霞に戻ってくることができない。

　結局、たまたま最後まで本家に残っており、大学生になったばかりでスケジュールに余裕のあった啓太が、そのまま本家に待機して、陽向が寂しがらないようにと、しばらく彼女の世話をすることになったのだ。

突然の日程変更となってしまったわけだが、なにかと強引な祖母に「あんた、陽向の面倒見てあげな」とすごまれてしまえば、もう啓太には拒否権はない。

ただ……そもそも啓太としては、祖母にそんなふうに言われるまでもなく、その役を自ら買って出るつもりだった。

去年は受験勉強を優先し、満足に陽向と会うこともできなかったので、その埋め合わせをする意味でも、このくらいのことはむしろ進んでしたかったのだ。

(最近は、いっしょにちゃんと遊べてなかったもんな……昔はもっと遊んでたのに)

数多くいる親戚の中でも、陽向は啓太と特に仲よくしている従妹である。

大学一年生の啓太と陽向では、じつに六歳も年が離れている。この年ごろで六歳差のギャップはかなり大きく、実際、興味の対象も趣味も啓太と陽向ではずいぶん違う。

しかしなぜだか、それにもかかわらず、啓太は陽向と昔から妙に気が合った。

おそらく、もっと根本的なところで相性がいいのだろう。

年の差などものともせず、会話のリズムとか、ものを考えるペースとか……そういったところで波長が合って、お互いに心地よく過ごせる相手どうしなのである。

だから啓太も、陽向と過ごすこれからの数日には、特に不安はない。

むしろ、きっと楽しいものになるに違いないと……そんな確信を持っていた。

3

それからのふたりの時間は、思っていた以上に慌ただしかった。

いっしょに作った夕食を早めにとって、別の従弟《いとこ》がやり残して置いていった花火で遊んだり、あるいは啓太が持ちこんでいたゲームで遊んだり……やりたいことがありあまっている陽向に引っぱりまわされていうちに、あっという間に夜の十時をすぎて、そろそろ寝る仕度をはじめなくてはならなくなってしまった。

布団の仕度はなぜか陽向が自分ひとりでやると言って聞かなかったので、では先に一日の汗を流してしまおうと、啓太は先に風呂に入ることにした。

「……ふぅ」

髪を洗い、身体も洗ったあと、広い湯船にゆっくりと身体を沈めていくと、啓太の口から、自然と大きなため息が漏れた。

七霞の屋敷の風呂は、格別に心地よい。

古い本家の屋敷だが、あちこちにリフォームの手が入っており、その筆頭がこの風呂場である。

給湯器は全自動だし、啓太の実家の風呂よりよほど新しく清潔感がある。

大人ふたりが足を伸ばせるほど大きな浴槽も素晴らしいし……なによりいいのは外の眺めだ。

リモコンを操作して照明を暗めに設定すれば、もう夜なので田舎の風景はさすがに見ることはできないが、かわりに満点の星空が楽しめるのだ。

「やっぱりこっちは違うなぁ」

都会に住んでいると、暗めの場所にいても、特に明るい星しか見ることはできないが、街の明かりの届かない七霞の里では、天の川まではっきり見ることができる。

そういえばここ数日は、夏恒例の流星群の時期だとニュースで言っていたし、おそらくそのまま、じっと天を仰ぎ見ていれば、流れ星のひとつやふたつ見ることができるかもしれない。

六月には蛍の大群も堪能《たんのう》できるし、なにかと不便な田舎であるが、こういうものがすぐ身近にあるのは、それはそれでやはり豊かなのだと、啓太は思うのだ。

(……楽しかったな)

星空を眺めながら、啓太はぼんやりと思う。

最初心配していたのがばからしくなるくらい、一日目の夕方は賑やかだった。

この様子であれば、祖母が帰ってくるまでの数日間、特に問題なく楽しいまま過ごすことができるだろう。

（しかし……元気になったよな、陽向ちゃん）

今日一日の陽向のふるまいを思い出して、どうにも感慨深くなってしまう。

昔の彼女を知っていると、本当に見違えるほどよくなったと思う。

もともと陽向は生まれつき身体が弱く、特に肺や気管など呼吸器はそうとう深刻なレベルだった。

親もとを離れてこのような田舎で祖母とふたり暮らしをしているのも、空気の汚い都会では生活をするのが難しいという医師の判断によるものだ。

実際、五年ほど前などは、陽向はもっと病気がちで、外で遊ぶこともほとんどなく、部屋の中に閉じこもりがちな日々を送っていた。

啓太が帰省したとき、ほとんどの時間を、熱を出してしまった陽向の看病……というか、つきそいをずっとしてあげたことも何度かあったほどである。

それが、今やどうだろう。

肌は健康的に日に焼け、自分から積極的に外に遊ぼうと誘ってくるまでになった。

聞けばここのところ呼吸器もかなり丈夫になっているのだという。

念のために大事を取って、小学校の卒業までは七霞にいる予定だが、中学への進学を機に、親もとに戻ることも、すでに決定しているらしい。

(ていうか、陽向ちゃん、めちゃくちゃしっかりしているよな……)

丈夫になったのは肉体面だけではない。

成長がめざましいのは、むしろ精神面のほうだろう。

自分から家事を進んでやっているし、いろんなことへの気配りもできている。

同年代の子と比べても、かなり自立心が強いのではないだろうか。

少なくても啓太が陽向と同じ年齢だったときより、ずっと頼りになる。

これも、親もとを離れてずっと暮らしてきたという背景があってのことなのだろう。

(まだ子供だろうし……寂しかっただろうにな)

陽向の両親も、仕事のない土日は、毎週七霞を訪れて彼女と触れ合ってはいるらしいが、それでも根本的な寂しさはどうにかなるものではない。幼少時からずっとそんな生活をしてきたおかげか、啓太のあずかり知らないなにかのタイミングで、陽向の中で、なにかを吹っきるような瞬間があったのかもしれない。

いろんなしがらみがあってのことだが、それ自体はいいことだと啓太は思う。

「啓太兄ちゃん、お風呂いっしょに入ろ！」

「え、お、おい、陽向ちゃん⁉」

しかし、啓太がそんなふうに感傷にひたりつづけることは許されなかった。

いきなりガラガラと大きな音を立てて戸を開けながら、元気いっぱいの声とともに陽向が飛びこんできたためである。

注意深くしていれば物音で気づけたかもしれないが、ぼんやり考えごとをしていたせいで、どうやらその気配がわからなかった。

「って、なんでこんな暗くしてるの。電気、明るくするね！」

言いつつ陽向はリモコンを操作し、明かりを勝手に上げて……そうして露《あらわ》になった彼女の姿を見て、啓太は慌てざるをえなかった。

こともあろうに、陽向はタオルも巻かず、一糸まとわぬ素っ裸だったのである。

「ちょ……なんで裸なのさ⁉」

「だって、お風呂入るんだもん。裸じゃないほうがおかしくない？」

いや、それは実際そのとおりではあるのだが、問題はそういうことではない。

「前はよく入ってたじゃん。だから、いいでしょ？」

啓太が叱責の声をあげるよりも早く、素知らぬ顔でそう言って、陽向はさっそくシャワーを使って髪と身体を洗いはじめてしまった。

「あ、啓太兄ちゃんもお風呂から出ないでね。今日は絶対いっしょに入るんだから。あたし、楽しみにしてたんだからね！」

しかもシャワーを使いながらそう釘《くぎ》を刺されてしまって……もうそうなれば啓太は強引に逃げることもできない。しかたなく啓太は、上げかけた腰をふたたび湯船に沈めながら、途方に暮れるしかなかった。

どうにも、目にやり場に困る。

たしかに陽向の言うとおり、昔は彼女とよくいっしょに風呂に入っていた。そのころには実際、特になんの気負いもすることなく互いに裸を見せ合っていたのも事実である。けれどそれは、陽向がもっと小さかった、小学校低学年のころの話だ。

まだまだ大人の女性と言うにはほど遠いが、陽向の身体には、すでに確かな第二次性徴の兆しが見えている。

身体のラインは豊満ではないものの、柔らかそうな、まろやかな曲線を帯びてきているし、そのなかでも特に胸もとなどは、大きさ自体はまだ乏しいが、ふくらみかけのまるみがはっきりそれとわかる。

陰毛こそまだまったく生える気配は見えないが、大人になる準備がだんだん整ってきていると感じられる身体つきだ。

さらに言えば、日に焼けた肌と対象的に真っ白い肌を残した水着跡が残っているのが、啓太の目にはよけいに生々しく感じられた。これのおかげで、もともとがどこまでも滑らかですべすべの、きれいな肌であることがはっきりわかるし、特に鼠蹊部《そけいぶ》のあたりの凹凸が強調されて、独特のみずみずしさ、艶《なま》めかしさを醸し出している。

よくない。これは非常によくない。

年齢自体は、たしかに陽向はまだまだ子供だ。

けれど幼児体形を売りにした女優を使ったアダルトビデオなら、陽向と同じような身体つきの女性が性行為をして乱れている作品を、簡単にたくさん探しあてることができるだろう。実際、啓太は特にロリコン趣味というわけではないものの、そういった趣向の作品で何度か抜いたことがある。

要するに従妹という関係だとか年齢だとかを抜きに考えれば、今の陽向の身体つきは啓太にとって、十分に性的な興味の対象になってしまうのだ。

陽向としてはまだそういったことには興味がないからこそ、こんなスキンシップをしてきたのだろうが、啓太としてはそうもいかない。昔と同じように裸をさらし合うのは、やはりどうしてもためらわれるところがある。

「えいっ、どーん！」

だというのに……髪と身体を洗い終えた陽向は、おどけて大げさにそんな声をあげながら、湯船に勢いよく飛びこんでくるのである。

「わっ、こら。そんなことしたら、お湯がこぼれるだろ！」

「えっへへへ」

たしなめても、そもそも構ってくれることそのものがうれしいらしく、陽向はまったく気にしていない。

それどころか、まるでそこが自分の定位置だというように、陽向は啓太を椅子にするかたちで、彼の腰と背中に腰かけてきた。

とうぜんそうなれば……啓太の股間のいちばん敏感なところに、陽向のまるいお尻が密着してくることになる。

「……重いって」

「うそばっかり。お湯の中でそんなに重いわけないじゃん」

とっさに出た方便はあっさり見やぶられ、我が物顔で陽向は背中をあずけてくる。

熱いお湯の中にいるはずなのに……気のせいだろうか、日に焼けた陽向の背中は、なぜだかとてもあたたかく感じられた。

「えへへ。懐かしいねえ。あたしずっと、またこうしたかったんだぁ」

背中越しに振り返りながら、陽向は、にぱっと無垢《むく》な笑顔を見せる。

たしかに陽向の言うとおり、この体勢も、昔いっしょにお風呂に入っていたとき、よくやっていたものだ。なにかとこういったスキンシップが好きな従妹だったが、このあたりは変わらないらしい。

（ああもう、しょうがないな……）

終始そんなふうに無邪気な陽向を見て……なんだか啓太は、いろいろと気をもんでいた自分がばかみたいに思えてきた。

「陽向ちゃんもおっきくなったんだから、昔みたいに暴れんなよ」

「はぁい」

すべてあきらめ、最低限の注意だけして、啓太は陽向を受け入れることにした。

陽向はよこしまな気持ちを持っておらず、ただただ純粋に啓太を慕って甘えてこうしてきているだけだ。ならば、啓太が変な気を起こさなければいいだけの話である。

幸い、やはりかわいい従妹という関係が先に立っているためか、陽向の若々しい身体が密着しているにもかかわらず、啓太の股間はまったく反応する気配がない。

男に生まれ、しかも十八歳という若さで、よもや自分が勃起しないことに心底安心するとは思わなかった。

「ていうか、なんでさっき電気暗くしてたの？」

「ああ、星を見てたんだよ。ほら」

そう言いながらリモコンを操作して、ふたたび明かりを落としてやる。

そして上を指さしてやると、陽向が「わあ」と歓声をあげた。

「お星様はよく見るけど、ここでも見れたんだ。すごいねぇ」

「だろ。なかなかいいだろ」

「今までこれ知らなかったとか、損しちゃったあ」

そう言いながらも、あくまで陽向は無邪気に笑う。

足をばたつかせて湯船のお湯をばしゃばしゃさせるあたりが、本当に無垢な子供といった感じでかわいらしい。

「あっ、今、流れ星見えたっ」

「え、マジか。東のほう見てたから気づかなかった」

「あは。啓太兄ちゃんてば、にぶーい」

都合のいい話である。あるいはそれこそ、長年の関係のおかげだろうか。

そうしてのんきにしゃべりながら空を眺めていれば、いつのまにか、陽向の裸に対し、いろいろと変な意識をしていたことなど、啓太はすぐに忘れてしまった。

4

星空に見とれて、気づけばかなり長い間湯船に浸《つ》かってしまっていたせいで、啓太と陽向は、そろって少し湯あたりぎみになってしまった。

さすがにそのまま寝床に入る気にはならず、しばらく夜風に当たって身体を冷ましてから、ふたりは布団に入ることにした。

「……って、あれ？」

だが、陽向が布団を敷いてくれたはずの寝室に行って、啓太は眉をひそめた。

風呂に入る前に陽向にねだられて、いっしょに寝ることを啓太は了承していたはずなのだが、敷かれた布団はなぜかひと組しかなかったのである。

「結局、別の部屋で寝ることにしたのか？」

「ううん」

陽向は、笑顔のまま「そんなはずないじゃない」と、きっぱり首を振る。

「いっしょのお布団で寝たいなって」

そう言って、にまりと変にいたずらっぽい笑みを見せた。

要するに、風呂に入る前、布団の準備は自分ひとりでやると言って聞かなかったのは、このお膳立てをするつもりだったらしい。

「……まあ、いいか」

しばらく考えて、啓太はもうなにも異論を挟まないことにした。

これだって、昔、陽向とよくやっていたことなのだ。

陽向がたんに昔を懐かしんで、啓太に甘えてそうしたがっているのは、風呂での様子からも明らかだ。裸になって同じ風呂に入ることに比べたら、いっしょの布団で寝ることくらい、たいしたことはないだろう。

「明日もいろいろやりたいことあるし、もう寝るか」

「だね。寝よ寝よ！」

「そういえば、明かりはどうしようか。前は豆球つけてたろ」

「今はつけてないよ。それにほら、今日はお星様も出てて外も明るいし」

「それもそうか」

明かりを消して、啓太と陽向はどちらからともなくそろって寝床に入る。

だが、少々困ったことになった。

用意された布団はかなり狭く、どうしても身をよせ合うようになってしまう。

抱き合うような体勢でしかふたりの身体は布団におさまりきらず、試しに顔を向かい合わせてみれば、吐息が簡単に互いをくすぐり合うような距離になる。

「あは。これ、口と口でチューできちゃうね」

「ばか言うなって」

冗談めかして言う陽向をたしなめる。

実際、陽向がもっと小さなころはほっぺにキスくらいのことはしていたが、もう来年には中学生になるのだから、このくらいはわきまえてほしいと思う。

「……というか、これ、さすがに近すぎないか。暑いし」

「えへへ、いいじゃん、別に」

しかし陽向は、まだまだお子ちゃまらしさ全開だ。

暑苦しさなどなんのその。ぎゅーっとおどけて、抱きついてくる。

しかもそれだけでは物足りなかったらしく、足まで啓太の腰にからめて、布団の中でコアラみたいにひっついてくる始末である。

「あ、こら。もう」

「あは、兄ちゃんの身体、あったかーい」

色気もなにもなく、子猫のように甘えて頬ずりをしてくる。

ある程度夜風で身体を冷やしたといっても陽向の体温はあたたかく、ここまで密着されるとかなり暑苦しい。これでは、息苦しくてとても眠れたものではない。

なによりここまでくっつかれると、陽向の身体がほぼほぼじかに触れ合うようなかたちになってしまう。

普通にじゃれついてくる程度ならまだいいのだが、そんなことをされると、さすがに啓太としても、ちょっと困ってしまう。

「これじゃ眠れないって」

「えー」

「ちゃんと眠らないと、明日しっかり遊べないぞ。川遊びするんだろ」

「むう。それもそうだけどぉ」

小さく口をとがらせながら、それでもおとなしく考えなおしてくれたらしい。

陽向は素直に抱きついてくるのをやめて、布団の中で姿勢を正してくれた。

そんなことをしてもまだまだひとり用の布団は手狭で、腕どうしがぴったりくっついてしまっている状態だが……まあ、この程度ならば眠れないことはないだろう。

「あ、そうだ。腕枕してあげようか。昔よくやってあげてたろ」

「うーん、それはかなりうれしいけど……いいや」

そう言いつつ、啓太の提案は陽向にとってかなり魅力的なものだったようだ。

もう明かりを消していて、頼りになるのは窓からの星明かりのみだというのに、とても残念そうに陽向が眉をよせているのがはっきりわかる。

「前に、もっと小さいころにさ、腕枕してもらったことあるじゃん。したら、啓太兄ちゃん、次の日腕がしびれちゃって、めちゃくちゃ困ってたでしょ。だから、いい」

「……ああ、そういえばそんなことがあったな」

言われるまで忘れていた。

たしかあれは、五年ほど前、陽向が小学二年生のときのことだっただろうか。

今よりもずっとおとなしくて、甘えん坊だった陽向は、その前の晩に両親が都会に戻っていったタイミングだったせいだろうか、ひどいホームシックを起こして一日中啓太にくっつきっぱなしだった。

陽向の甘え癖は寝るときも変わらず、結局その晩は、啓太が陽向をなだめるようにして腕枕をしてあげて、ひと晩中彼女を抱きしめて、いっしょに寝てあげたのだ。

こういった記憶はひとつやふたつではない。

当時の啓太にとってはそうすることが普通だったし、だから彼にとっては、いちいち覚えておくほどでもない、かつてよくあったエピソードのひとつにすぎない。

けれど、陽向にとってはまったくそうではなかったようだ。

たぶん、そうして啓太と触れ合った……あるいは啓太に世話をしてもらった記憶のひとつひとつが、大事な大事な思い出なのだろう。

わけもなく、胸の奥があたたかくなる。

「じゃ、おやすみ、啓太兄ちゃん」

「ああ、おやすみ」

さんざん自分からじゃれついてはしゃいでいたくせに、お休みの挨拶は意外や陽向のほうから言ってきて……そうして、陽向はすぐに目を閉じてくれた。

「…………」

そうするととたんに、なんだか急にあたりが静かになったような気がした。陽向がしゃべるのをやめただけなのに、さっきまでの賑やかさがまるでうそのようだ。

かわりに聞こえてくるのは、さまざまな夜の虫の鳴き声、せせらぎの音、そして木々のざわめきだ。

普通に聞けば耳にうるさいほどの多彩な音が聞こえてくるが、子供のころから何度となくここに通っていた啓太としては特に気にはならない。なによりいろいろとせわしなかったせいだろうか、目を閉じて静かに呼吸をしていれば、すぐに眠気が訪れた。

「……ん」

やがて、どれだけの時間が経《た》っただろうか。

あるいは何分か、実際に眠りに落ちていたかもしれない。

ふと、啓太はなにかの違和感に気がついた。

(……あれ)

なにか、となりでもぞもぞと動く気配がある。

どうやら陽向が、何度も身じろぎをくり返しているらしい。

(陽向ちゃん、やっぱりいっしょの布団だと寝苦しいのか?)

声をかけようとして……けれどやはり啓太は一度寝てしまっていたらしく、寝ぼけた頭では、どうにも口がうまくまわらない。

しかし結果的に、そうしてすぐに陽向に話しかけられなかったのは、むしろ幸運だったかもしれない。

「ん、ふ……あ、んんっ」

かすかに、本当にかすかに甘い声が聞こえる。

さらに、もぞもぞと陽向は延々と身じろぎをくり返すそのたびに、にちゅ、にちゅと、奇妙にねばっこい水音のようなものまで聞こえてくる。

いったいなんなのだろうとしきりに頭の中で首をかしげ……次第に意識がはっきりしてくるにつれて、それがなんの物音なのかに気づいて、啓太は自分の耳を疑った。

(……え)

これは、もしかして、エッチな声なのではないか。

まさかそんなはずはないと思いつつ、聞きまちがえるはずがない。

なにせよく見るAVで聞くのと、まったく同質な声なのだ。

しかしである。なんで陽向からそんな声が聞こえてくるのか。

(これ、もしかして……陽向ちゃん……)

まさかと思いつつ、しかし思いあたる可能性はひとつしかない。

つまり、これは……陽向はオナニーを、自慰行為をしているのではないのか。

「あ、んんっ、んっ、う、ん……んぁっ」

ダメ押しにひときわ大きな嬌声《きょうせい》が聞こえて、啓太の中での疑念は確信に変わった。

これはもう間違いない。

しかし、こんな状況、いったいどうすればよいのだろう。

啓太はただただ困惑して、この異常な状況が早く終わるのを、じっと息を潜めて待つことしかできなかった。

5

（……うう、眠れない）

一日中、どうにも興奮しっぱなしだったせいだろうか、目をつぶっても陽向は寝つくことができずにいた。

布団をかぶり、目を閉じて、気持ちを落ちつけ、呼吸を安らかにしようとしても、身体の芯のほうが熱を持っているような気がして、どうにもそわそわしてしまう。

それでもなんとか寝ようとしばらくじっとしていたのだが、どうにもならず……少し迷ったすえに、陽向は最後の手段に出ることにした。

（……ちょっと、恥ずかしいかも、だけど）

けれど背に腹はかえられない。

幸い、少し気配を探ってみたり、あるいはこっそり目を開け、となりを見てみたが、どうやら啓太は、もうすでに寝入ってくれたようだ。

（啓太兄ちゃん、もう寝てるし……だったら、もうここでしちゃって……いいよね）

そんな言いわけを自分自身にして決心を固める。

すぐとなりで寝ている啓太を起こさないようにと気をつけながら、陽向はそっと自分の手をパジャマの奥に潜りこませて、指先を股間の中心部にそわせて、パンツの上からゆっくりと撫《な》ではじめた。

そう。じつはこれこそが、陽向の最後の手段である。

オナニーをするとなんだか気分がすっきりするし、そのうえほどよく疲れるので、寝つけない夜も気持ちよく眠ることができるのだ。

というか、じつはいつのまにかなんとなく癖になって、最近数カ月はかなり頻繁に……というかほぼ毎晩、オナニーをするのが習慣になっていた。

もっとも、ここ数日は親戚が大勢屋敷に訪れていたので、さすがにできなかったのだけれども。

「ん……」

横に啓太がいる状態で、少し気後れしながらの自慰開始だったのだが、いざ股間に触れてみると、すでにその場所はじっとりと熱を持っていた。

(ん、これ……あたし、ひさしぶりだから、ちょっと興奮してる……?)

正直これは、自分でも思ってもみない発見だった。

まさか数日我慢してするオナニーが、こんなにドキドキするなんて。

（あ……やっぱり、すごい。これ、気持ちいい……オナニー、いい……）

陽向が自慰行為をするようになったのは、そもそも一年ほど前、近所に住んでいる一歳年上の女の子に教えられたのがきっかけだった。

スマートフォンなどを使って、いろいろと都会の情報を得ている彼女は、陽向に比べてだいぶおませで進んでいるところがあり、なにか興味深い情報を仕入れたときにおもしろがって陽向に教えてくれることがあるのだ。

「ね、陽向ちゃん、エッチなことって知ってる？」と、そのときもひどくいたずらっぽい笑顔を浮かべながら、彼女はいろんなことを教えてくれた。

そもそもそれまでエッチなことにまるで興味のなかった陽向にとって、男と女が性行為のときにどういうことをするかだとか、エッチとはどういう意味合いのものなのかだとか、そういった情報はひどくショッキングなものばかりで……最初はかなり拒否感が強かったというか、気持ち悪いというのが、陽向の正直な感想だった。

特にセックスなんて、男性と裸で抱き合って、さらにち×ちんを身体の奥に挿しこまれるなんて汚いし、気持ち悪い。

オナニーという行為も、その際に同時に教えてもらったのだけれど、正直やりかたを聞いたそのときには、なにがいいのかさっぱり想像できなかった。

だって、股間と言えば、まずなによりおしっこをする場所である。そこに指を添えたり入れたりしていじるなんて……常識的に考えて、たんに汚いだけではないか。

しかめっ面を浮かべる陽向に、けれど女友達は「だまされたと思ってやってみなよ、絶対気持ちいいから」とくり返し説得されて……だから最初のオナニーは、自分の欲求に従ったわけではなく、友達とのつき合いで、なかばいやいややってみただけのものだった。

そんな感じで気分があまり乗っていなかったからだろうか、人生のはじめてのオナニーは、はっきり言ってそこまで気持ちいいものではなかった。

ただ、なんとなくむずむずするというか、くすぐったいというか、今までやったことのない、奇妙な感覚だったことは、なぜだかはっきり覚えている。

その不思議な感覚がどんなものかをもう少しだけ知りたくて、そんな知的好奇心に押されるかたちで、それから何度かオナニーをくり返して……そうしているうちに、だんだんとその感触がさらに違った種類のものに変化したのだ。

最初のうちは、むずむずしていてくすぐったかっただけなのに、それがなんだか、お腹《なか》の奥がぽっと熱くなるような、頭全体がぼんやりするような、もっと明確で激しい感覚を伴うようになっていた。

そんな感覚の変化にとまどうばかりの陽向だったが、あるとき唐突にそれがなにかに気がついたのだ。

ああ、これが女友達の言っていた気持ちいいという感覚なのだと。

これが「エッチのときの気持ちいい」なのだと。

そうしてその感覚を自覚してしまえば……あとはもう、癖になるのにたいした時間はかからなかった。

「んぅ……んっ、んんっ」

とはいえ、まだまだいろとうぶな陽向は、オナニーのやりかたもぎこちない。性器の中に指を入れるのはまだなんとなく怖くてできないので、ひたすらスジやクリトリスをパンツ越しに撫でるだけだ。

(ん、あぁ……気持ちいい……)

それでも、そもそも快感になれていない陽向にとっては、十分に刺激的だ。

股ぐらを指でこすりながら、妄想にふける。

頭の中で思い浮かべるのは、布団の中で金縛りに遭って、その中にたくさんの蛇が潜りこんできて、身体が動けないのをいいことに何匹もの蛇が、陽向の身体中にからみついて、乳首や、おま×こを舐《な》めまわされるという場面だ。

じつはこれが、最近の陽向のお気に入りのオカズだった。

一般的な価値観で言えばかなりおぞましいとも言える内容だが、陽向は、そんなことは気にもとめない。

というより、そもそも性的な知識の乏しい陽向は、その妄想がかなりアブノーマルであるという自覚がない。

正直陽向としても、ちょっと気持ち悪いかもと思う妄想だったりもするのだが、むしろだからこそ、乱暴に扱われている感じがなんだかすごくよくて、ぞくぞくしてしまって……オナニーの興奮を高めるのにちょうどよいのだ。

（ん、あ。あ……だめ、だめっ）

妄想の中で、しゅるしゅると滑らかな蛇がたくさん手足に巻きついてくる。

鱗《うろこ》に覆われた蛇の肌は微妙に生ぬるくて、それがうねうねと人間には不可能な器用さで陽向の両手両足を拘束する。

金縛りに遭っているうえにそんなふうにされてしまえば、もう陽向はなすすべがない。そのまま股を大きくひろげられ、パンツが無残にかみちぎられて、下半身が露になってしまう。

（やめて、やめてっ）

妄想の中で懇願しても、そんなのはたんなるお遊戯、ポーズでしかない。

何匹もの蛇が、いよいよ陽向の股ぐらを舐めまわしはじめた。

「はぁ……あう、あ……ふぁ……」

股間に触れる指先の感触を無数の蛇の舌先に見たてて、陽向は夢中になって自分自身を凌辱《りょうじょく》していく。

何匹もの蛇が、陽向の恥ずかしい場所に群がってくる。

細く二股に分かれた何本もの舌が、陽向の股間を舐めまわす。

ちろちろと交互に、かわるがわる、しつこく、ねちっこく、陽向の恥ずかしい場所を蹂躙《じゅうりん》する。

ぞくぞくとわななくほどおぞましくて、けれどもそれがドキドキする。

じわじわと、ぞわぞわと、火傷《やけど》するほどの熱が股間からせりあがってくる。

これが、たまらない。

気持ち悪くて、いやで、エッチで、それが、すごく、すごく、頭がクラクラするくらいに気持ちいい。

(あ、だめ、だめ、それ、そこ……汚いから、んん……ああ、でも、でも、ああ……気持ちいい……)

心の中で口先だけの拒絶をしながらも、じわじわと増してくる甘い感覚に、いよいよせつなさが増してきて、自然と太ももにぎゅっと力が入ってしまう。

そうして……まともな男女の交わりを知らないままに、陽向は蛇に輪姦《りんかん》される妄想をして、どんどん自らの官能を高めていくのだ。

「ん、う、うう、んっ」

（あ……だめ、漏れ、ちゃうっ）

その予感を覚えたときには、もう遅かった。

じわりと、指先に生ぬるい、湿った感触が触れる。

股間を覆うパンツから、ぬるぬるのエッチなおつゆがあふれ出してきたのである。

はじめて自分のこの体液に触れたときは、ただただ不気味で気持ち悪かった。

なんだかぬるぬるしているから明らかにおしっこではないし、でも股間から間違いなく漏れてきているし、そんなわけのわからないものが自分の身体から分泌するのが、受け入れがたかった。

この粘液が、エッチな気分になったときに出るものであること、性感帯の感度を増して、触れ合う粘膜を保護するためのものであることを教えてくれたのも、例の年上の女友達だった。

友達が言うには、これは愛液というものらしい。

（あう、また、汚しちゃった……）

もう何度目になるかわからない。気をつけているときは下着を脱いでオナニーをするのだが、つい忘れてしまってパンツを汚してしまうこともしょっちゅうだ。

おかげでけっこうな確率で、パンツにはエッチな染みがついている。

そのことを後悔しながら、恥ずかしく思いながら、自分の身体がどんどんエッチになることにぞくぞくしてしまう。

「う、んん、んっ、うっ」

そろそろ、本当に我慢ができなくなってきた。

なかば無意識に、指先がパンツの中に潜りこんでいく。

それまであくまでパンツの上から、薄い布越しの自慰行為をくり返していたのだが、もっと直接的で激しい感覚が欲しくなったのだ。

（あ……あ……すごい）

満を持して触れた自らの股間の状態に、陽向は感動までしてしまった。

いつもよりもずっと熱い。いつもより、濡れぐあいがすさまじい。

これもやはり、数日間我慢したせいなのだろうか。

あるいはすぐとなりに啓太がいるという状況でオナニーしていることで、背徳感がいいスパイスになっているのだろうか。

そんな小賢しい分析などできるはずもなく、陽向はただただ自分の欲求に従って、自分の股間を追いつめていく。

いとけない指先に愛液をたっぷりからめ、すでにぷっくりとふくれあがった陰核にそっと触れてみた。ぷにぷにとした陰唇、うねうねと動く膣口部分もさることながら、クリトリスはとりわけエッチな状態になっている。興奮して充血しているらしく、ぴく、ぴくとはっきりわかるほど脈動しているのだ。

「ん、あ……っ」

その先端に指先で摩擦を与えてやると、脳の奥がとろけるような感覚になって、陽向は思わず背中をのけぞらせた。

やっぱりいい。この場所をいじるのは、本当に気持ちいい。

例の友達と見せ合いっこをして知ったのだが、陽向の陰核はかなり大きめらしい。まだ毛も生えておらず、股間のスジもぴったり閉じきった幼い作りだが、クリトリスだけは一人前で、性的興奮で勃起すれば、パンツ越しにでもはっきりふくらみがわかるほど、陽向のそこは大きくなる。

それはつまり、それだけいじくりやすいということだ。

「んく、う、あ、あう、んんっ」

気分が乗ってくると、妄想もだんだんとエスカレートしてくる。

股間を無作為に舐めていた大量の蛇が、クリトリスを集中的に刺激するようなる。

その刺激に耐えきれずに次から次へとあふれてくる愛液を、蛇がちゅるちゅるとすすりあげる。

普通に考えて、蛇がそんなまねをするわけがない。

けれどもうここに至っては、リアリティなんてどうでもいい。

まるで花の蜜を吸う蝶《ちょう》のように、妄想の中の蛇たちは、競い合うようにして陽向の股間に頭を突っこみ、細長い身体を歓喜でうねらせながら、陽向の愛液を舐めあげる。

(あう、あ、あっ、そんな、舐めないで……ああっ)

いよいよ、頭の奥のほうがぼうっとしてきた。

顎が上がり、全身がびくびくと震え、声もだんだん我慢できず、甘くとろけてくる。

「く、うっ……んっ」

もはや、パンツの中はどろどろだ。

お風呂から上がったあとに、せっかく新しいのにはきかえたのに……これでは朝にまた別のに着がえなければならない。

でも、かまわない。

今は気持ちよければそれでいい。

(もっと、もっと、だめ、もっと、だめなこと、してほしい、ああ、んんっ)

そして……いよいよ、妄想が完全に現実からかけ離れていく。

クリトリスを舐めまわし、秘唇からにじみ出る愛液をすすりあげていた蛇が、もっと多くの愛液を求めて、陽向のおま×こに潜りこんでくる。

それも、一匹だけではない。何匹も……おおよそ五、六匹の蛇が、競い合うようにして、全身をくねらせ、勢いをつけて、我先にと陽向の膣を蹂躙しはじめた。

まるで、ひとつの卵子に群がる大量の精子のように。

「う、んんっ、あ、あっ」

その連想に、ぞくぞくする。ますますおま×こは熱くなって、今までよりもずっと粘度の高い愛液がどんどん湧き出してくる。

現実には、じつは陽向の指先は、膣の中には入っていない。

ひたすらぐちゅぐちゅと、膣口とクリトリスを指で撫でまくっているだけだ。

セックスの際にはそこに男性器が入れられること自体は知ってはいるが、奥までの深さがどれくらいか陽向にはまるで想像がつかなくて、なんとなく怖いのだ。

衛生的に考えても、尻の穴に指を深く突っこむのとあまり変わらないことのような気がして、どうにもためらわれるところがある。

けれど得られる快感としては、これで十分だ。

むしろ膣を蹂躙される状況を妄想だけですませているぶん、想像の翼をひろげてどれだけでも変なことを考えられるので、それがかえって興奮の炎を燃えあがらせる。

人肌より冷たい鱗に覆われた蛇の頭がドリルのように回転して、腹の奥にねじこまれる。その異形の先端が膣の奥まで到達したうえで、ぱっくりと口が開き、異常にあたたかい舌が、そこに満たされた愛液をちろちろと舐めてくる。

(う、あ、あぁ……)

もはや陽向の妄想は、女としての尊厳を根こそぎ踏みにじるようなおぞましいものになっている。

けれど、もうかまわない。

だって、めちゃくちゃ興奮するのだ。気持ちいいのだ。

興奮して気持ちよければ、なんだっていい。

実際、指先で触れた膣口は、本当にエッチになっている。

まるでなにかを求めるようにその場所のヒダが、うねうねと動いているのが自分でもはっきりわかる。

（あ……あ……あたし、喜んでる……うれしがっちゃってる……）

最高潮に自分の心と身体がエッチになっている。

蛇に動きを封じられ、女の子の恥ずかしいところを好き勝手されているのに。

舐めまわされ、恥ずかしいおつゆをすすりあげられ、あまつさえ膣の中にまで潜りこまれて、身体の中まで蹂躪されているのに。

その妄想が、その感覚が、陽向をどんどん淫らに変えていく。

「あ、あっ、あっ、ん、あ、ああっ」

我慢していた声が、どんどん大きくなってくる。

啓太が起きないかちょっと心配だが……まあ、大丈夫だろう。今までもかなり激しく身体が動いてしまったりもしたけれど、それでも彼が、身じろぎしたり眠りが浅くなっているような気配もない。

（……あ）

というか……ふと、唐突に思いついた。

そういえば、啓太だって男の子だ。

男の子ということは、近所の女の子が言うように、女性のおま×こと対になる男性器を持っているはずだ。

（あ……ていうか、そっか、それが、啓太兄ちゃんのおち×ちんなんだ……）

そうだ。いっしょにお風呂に入っていたときに何回も見た、啓太のあのおち×ちんが、女の子とセックスするときに使う生殖器なのだ。

本当にそれがイコールでつながった。

なんで今までそのことがわかっていなかったのだろう。

（ってことは……あたし、啓太兄ちゃんと、セックス、できるんだ……）

啓太のおち×ちんが大きくなって、硬くなって……そして今、陽向が妄想の中で蛇にされているようなことを、彼とは現実にやってしまえるのだ。

少なくても身体の構造としては、陽向は啓太と、セックスができてしまうのだ。

（どんなだろう。セックスって、どんなだろ……）

今まで自分とまったく関係のない、別世界の事柄のように思っていた「男の子と女の子のセックス」という行為が、今はじめて陽向の中で、現実味を帯びる。

けれどとうぜん、具体的にそれがどんなものかがまったく想像できない。

もちろん、セックスでどういう工程を踏むかということについては、友達に教えられているので、陽向は知識として持ち合わせている。

でもそれはあくまで基本的なことであって、細部となると話は別だ。

勃起したペニスがどんな感じになるのか。

膣に挿入されるときには、どんな感触になるのか。

もっと言えば、自分で秘部を触る感覚は今まさに実践しているからわかっているが、これが他人に触れられた場合にどうなるかもいまひとつピンときていない。

「あ、う……っ」

だというのに……啓太とどんなエッチなことをするか想像してみたら、なんだか予想外に、カッと腹の奥に甘い熱が燃えあがってしまった。

今まではまったく現実味がなくて、興奮のタネにはならなかったのに、蛇の妄想でさんざん発情してしまったせいだろうか、もし啓太とセックスしてしまったらという想像をすること自体に、ものすごくぞくぞくしてしまう。

どんな感覚かわからないまま、詳細な絵面も想像できていないまま、それでもエッチな興奮に流されて、それまで蛇に輪姦されていた場面からあっさり切りかえて、陽向は啓太とセックスする場面を妄想しはじめた。

裸どうしで、啓太に抱きしめられる。

あるいはおっぱいをもまれたりもするのだろうか。

そうして興奮したら、今みたいに濡れた股ぐらに、蛇みたいな感じのペニスを挿しこまれて……。

「あ、あっ、う、んんっ、う、うっ」

身体のいちばん奥で、今までとまったく質の違う火がぽっと灯《とも》った。

（あ、うそ。なんか、今までよりずっと、なんか、あ……すごい、すごいっ）

まずい。やばい。これは、ちょっと気持ちよすぎる。

びっくりするほど興奮が高まっている。

声が抑えられない。身体のブルブルが止められない。

じゅんじゅんと、膣のぬかるみがどんどん量を増してくる。

いよいよ身体の奥からあふれるなにかの予感に、せつないような、それでいてなんだかわくわくするような、そんな感覚が、どんどん暴走していく。

「う、んんんっ、あう、ううっ」

そして……とうとう限界が来た。

「んんんっ、あ、あぁ……っ」

びく、びくびく、びくんっ！

快感の電流が脳を焼き切る。

うねうねと蠢いていた膣口が、まるで触れている指先にキスをするように、ちゅくちゅくと激しく収縮する。

背中がのけぞり、まるで全身が大きな大きな衝撃を受けたように、びくん、びくんと何度も痙攣する。

「あぁ……はあぁ……」

しばらくそうして、ぴく、ぴくと身体をひくつかせ、そんな律動が十数秒間続いて……ようやく陽向は、ひと息をついた。

(す、すごかった)

声はなんとか抑えられたが、もしかしたら、今までいちばん気持ちいいオナニーだったかもしれない。

やがて呼吸もなんとか落ちつき、心地よい疲労感に、なんだか眠くなってきた。

(……あ、そういえば、眠たくなりたくて、ひとりエッチしてたんだっけ)

今さらながらに思い出す。

そんなことすら忘れてしまうほど、今回のオナニーは気持ちよかった。

「…………」

清々《すがすが》しい解放感を覚えながら……陽向はふと、すぐとなりに視線を向けた。

もういい加減ずっと闇の中で目もなれてきていて、障子越しの星明かりだけでも、はっきりと啓太の寝顔がわかる。

（あたし……啓太兄ちゃんで妄想して、ひとりエッチ、しちゃった）

ほんの少し罪悪感と恥ずかしさも覚えたりするが、けれど一方で、陽向は思う。

（本当の啓太兄ちゃんのあそこって……エッチのとき、どんな感じなんだろ）

妄想の中では、なんとなくぼやかして流してしまったけれど。

いざこうしていろいろと妄想してオナニーのオカズにしてしまうと、今度は本物がどうなっているか、やはりどうしても気になってしまう。

（いつか……教えてくれたり、見せてくれたり、しないかな……）

眠気でだんだんとぼんやりしていく思考の中で、そんなことをとりとめもなく考えながら……やがて陽向の意識は、安らかに眠りの底に落ちていった。

第二章　スクール水着で素股の誘惑

1

次の朝、啓太はスマートフォンのアラームで目を覚ました。

「…………」

なんとなく気のせいかもしれないが、布団の中がほんの少し湿っているような気がする。

微妙な気分になって顔をしかめながら、啓太はまだ寝ている陽向を起こさないようにとそっと布団を出て、まだ重たいまぶたをこすりながら手早く顔を洗い、歯を磨いたあと、台所へと向かった。

昨晩、陽向と近くの川に遊びに行く約束をしていたので、その準備……というか、簡単な弁当を作るためである。

「さて……どうしようかな」

親もとを離れてひとり暮らしをしている啓太は、炊事もある程度こなすことができるが、ただその腕前はと言うと、決してたいしたものではない。

あくまで「まずくないものをなんとか作れる」程度のもので、味つけも手ぎわもまだまだだ。実際、昨晩陽向といっしょに夕飯を作ったときも、陽向のほうがよほど手なれていたし、味そのものもおいしかったくらいである。

それでもこうして啓太が率先して台所に立っているのは、そうしてなにか仕事を見つけて没頭していないと、どうにも気持ちが落ちつかないからだ。

(なんだったんだ、昨夜の……)

いっしょに布団で寝ながら、となりで陽向がオナニーをしていた光景が、脳裏に焼きついて離れない。

ひょっとしてあれは寝入りばなに見た悪い夢なんじゃないか、とも思いたかったが、肌に触れる陽向の体温の変化や、甘い吐息の気配の記憶、そしてなにより朝に感じた布団の湿気は、そんな現実逃避を許さない生々しさがあった。

（まあ……陽向ちゃんも、もう小六だしなぁ……）

言いわけがましいが、そんなふうにも考えてみる。

思えば啓太も、精通はたしか小学五年生のころだった。

そこから本格的に性的なものに興味を持つようになるまではもう少し時間がかかったが、この年ごろの少女はいろいろと早熟なところがあるし、早めの思春期がはじまっても不思議ではない。

だからそういう意味でいえば、陽向は順当に成長して、大人への階段をのぼりかけているだけのことで、オナニーをすることそのものは、決して悪いことはないはずだ。

けれど、それはそれというか……さすがに従兄《いとこ》がすぐそばにいる状況でそんなことをするのはどうかとも思う。

啓太としても別に、陽向がそんなことをしているのを間近に見たいわけではない。

陽向のことを非難する気持ちより、触れてはいけない幼い少女のプライベートを事故でのぞき見してしまったような、そんな罪悪感ばかりが募ってしまう。

要するに……叱るわけにもいかず、見て見ぬふりをするしかないのだ。

「あ、啓太兄ちゃん、おはよー」

「……あ、ああ、おはよ」

そして、噂《うわさ》をすればなんとやら。

陽向もどうやら起きてしまったらしく、眠たげに目をこすりながら台所に現れた。

彼女を起こさないようにこっそり布団を抜け出してきたつもりだったのだが、もう太陽もずいぶんと高くなっているし、そもそも啓太は起きる際にスマホでアラームを鳴らしていた。そういったもろもろで目を覚ましていても不思議はない。

「なにしてんの？」

「朝ご飯と……あと、弁当作り。川に遊びに行くって言ってたろ」

「あ、そうだった、そうだった。じゃあ、あたしもいっしょにやる！」

元気な陽向は、もうその啓太のひと言で一気に目が覚めたらしい。

ついさっきまで眠たげなあくびをしていたのに、陽向はぱぁっと目を輝かせて、足取り軽く啓太のそばに寄ってきて、エプロンを着けて食事の仕度をはじめた。

「ありがたいな。陽向ちゃんのほうが料理うまいし」

「えっへへ。まっかせてよ！」

「弁当に入れるおかず、なにがいい？」

「うーん、いろいろあるけど……あ、そうだ。おばあちゃんが漬けてた梅干し。あれ、めっちゃ好きなんだよね」

「じゃあ、それはもうおにぎりの具に入れちゃうか。あとは……定番だけど、卵焼きとかがいいかな」

「だね、だね。今日は暑いし、傷まないようによく焼いちゃお」

和気藹々《わきあいあい》と仕度をしながら、啓太はなんとも不思議な気分に陥っていた。

陽向が見せる笑顔は天真爛漫《てんしんらんまん》で、かわいくて……だからこそ幼いものだ。

昨晩オナニーをして、あんな艶めかしい声をあげていた子が見せる表情とは、まるで思えない。

変な表現かもしれないが、まるで狐《きつね》につままれでもしているかのような、そんな気持ちになってしまう。

(……ああ、だめだ、だめだ)

頭の中で首を振って、変な考えを振り払う。

そういえばここ数日は、啓太も親戚連中の集まりのせいで、あまり自身の性欲の処理ができていない。

だからどうしても思考がそういう方向にいってしまうのだろう。

こんなの、別に気にするようなものでもない。見なかったことにして、忘れてしまうのがいちばんだ。

2

それから朝食を簡単にすませたあと、陽向と啓太はさっそく近くの川に出かけた。

本家の屋敷から十数分ほど歩いた先にあるその川辺は、じつは啓太も子供のころによく遊びに行った場所である。

水場の広さはおおよそ二十五メートルプールほどだろうか。規模自体はそう大きくないのだが、ちょうどいいぐあいに川の流れが堰《せき》とめられているところがあり、小さな子供でも比較的安全に遊ぶことができる。

「久しぶりに来たけど、けっこう広いな。もっと狭いかと思ってた」

「あ、でも、それ間違ってないかも。ここ、昔よりちょっと広くしたらしいよ」

「そうなの？」

「うん。ときどき来る子供とかが遊べるようにって、近所のおじさんやおばさんががんばって、いろいろやったんだって。たしか前に、おばあちゃんが言ってた」

言われてみればたしかに、急に川底が深くなっていたり、あるいは流れが急になっていたりするところには石が積まれていて、簡単には入れないようにしてある。

川底もよく見てみれば、大小さまざまな石がごろごろしているので歩きづらそうだが、最低限、遊んでいるときにつまづいたり怪我《けが》をしないように、水中の大きな石やとがった石は取りのぞかれているようだ。

子供のころは自然にできた遊び場だとてっきり思っていたが、この光景は、地域の人々が自分たち子供のために、心遣いをしていたおかげだったということだ。

(……きれいだな)

久しぶりに訪れた水場の全景をあらためて眺め、啓太はそう思った。

ゆるやかな流れでわずかにゆらめく川面《かわも》の上には、大きな桜の木が何本も覆いかぶさるように伸びていて、ほどよく日光を遮ってくれている。そのためか、今日は焼けつくほど日の光が強いのに、頬に触れる風はどこか涼しく心地よい。

穏やかなせせらぎの音のなか、桜の梢《こずえ》から漏れ落ちる日の光が水面にきらめいているのも、なんとも風情のある光景だ。

春には花見をするために、夏場は水遊びをするために訪れる家族も少なくないが、今は盆を少しすぎた時期ということもあってだろうか、啓太と陽向以外の人影は見あたらなかった。

「ラッキーだね。貸切だあ！」

テンションの高くなった陽向は、そう言って陽気に笑う。

それはよいのだが、はやる気持ちが抑えきれなくなったのか、さっそく陽向は自分のTシャツに手をかけはじめたのには、さすがに啓太も驚いた。

陽向の今日の格好は白のTシャツとショートジーンズという少年めいた組み合わせだが、それでも彼女が女の子であることには変わりない。まわりに啓太以外の人影はないとはいえ、いきなり恥じらいもなく脱ぐのはどうなのかと思わざるをえない。

けれど、よくよく考えてみれば、昨晩すでに風呂で裸を見せ合っているわけで……今さら陽向はそんなの気にもならないらしい。

「ん、よいしょ……っと」

あっというまに露になった陽向の裸体は、昨晩、風呂で見たときとはまた違った風情を醸し出していた。

肉づきは全体的に薄いが、それでもたしかに第二次性徴を感じさせる胸もとや腰のふくらみはもちろん、伸びやかな足の曲線は特に美しい。

強い夏の日差しのせいだろうか。夜中に電灯の下で見るよりも、健康的な日焼け跡と、スクール水着の形で残された広い肌の部分のコントラストがよりはっきりしているような気がする。

緑の生い茂った田舎の風景と奇妙に相性がよくて、我を忘れて見とれてしまうような、健康的な魅力に満ちた裸体だった。

「うん、よし、かんぺき！」

満足げにうなずき、陽向がバッグから水着を取り出して、それを早々に身にまとってくれたのは、正直啓太にとっては心底ありがたかった。

あやうく何歳も離れた従妹の裸体を、しげしげと観察してしまうところだった。

とはいえ、水着姿は水着姿で、やはり啓太としては、直視をするのはためらわれるところがあったりもする。

身につけているのはごくごく普通のスクール水着……ではあるのだが、水着と肌の境界線で鼠蹊部の造形や、きゅっとしまった感じの腰まわりが強調されているようにも見えて、下手をすれば裸より陽向の身体がどんな感じかはっきりとわかってしまう。

「えっへへ。じゃあ、お先っ！」

言うが早いか、陽向は突撃するような勢いで川に走り出し、大きな水しぶきを上げながら川の中に飛びこんでいった。

川の中ではかなり浅いところもあって、飛びこんだりすると危ないのだが、陽向はここでの水遊びにかなりなれているようだ。

「啓太兄ちゃん、早く、早く！」

「わかった、わかった」

陽向に急《せ》かされるが、さすがに彼女のようにお天道様の下で真っ裸になるわけにもいかない。

タオルを腰に巻いて股間が露になるのを隠しつつ水着をはいて、きっちり水遊び姿になったあと、啓太も陽向を追いかけるようにして水の中に入っていった。

「って、うわ、やば、なんだ、これっ⁉」

だが、意気揚々とくり出したはいいが、いきなり出鼻をくじかれてしまう。氷水とまではいかないが、サウナのあとに入る水風呂のような冷たさに、啓太は素っ頓狂な声をあげてしまった。

「ここ、こんなに冷たかったっけ？」

「昔っからこんなだよ。この川、すぐ奥に行ったところに冷水《ひやみず》があるし」

「……冷水？」

「そういう名前の、里のほうに水を引いてるところがあるの。あれ、啓太兄ちゃん、知らない？」

「ああ、あそこか。何度か掃除の手伝いをしたかも。名前は知らなかったけど」

七霞の里は街から遠く離れた標高の高い土地にあるため、水道も町のほうから引いているわけではなく、山水を利用している。

豊かな木々の生い茂った山々はどこも豊かな地下水を蓄えているようで、里や近くの山のあちこちから清水が湧き出しており、そのなかでも特に水質がよく湧水量の多い泉からパイプを引いて里に引き入れているのだ。

たしかに陽向の言うとおり、今ふたりが川遊びをしている場所からもう少し奥に行った先にも、そんな取水をしているポイントがあったはずだ。要するに冷水というのはその取水地につけられた名前らしい。

「もう七霞のことは陽向ちゃんのがよっぽど詳しいな」

「そりゃそうだよ。ずっと住んでるんだもん。迷子になったら任せてね！」

生意気な物言いだが、屈託なく笑うその表情はまぶしく、なにより愛らしい。

そうこうしているうちに啓太も水の冷たさになれてきた。

身体がなじんでしまえば、さっきまで凍えるようだと感じていた水温も、心地よいとすら感じられるようになってくる。

「にっへへ。ええーい！」

「わぷっ⁉」

啓太の表情に余裕が出てきたのを見て頃合と判断したのか、にまりといたずらっぽい笑顔を浮かべた陽向が、いきなり川の水を啓太に向けてぶっかけてきた。

「こら、ちょっ、冷たいってば！」

ある程度はなれてきたとは言っても、さすがにこれはたまらない。

冷たい水を頭からかぶるかたちになって、情けない悲鳴があがってしまう。

「おま、やったな。倍返しだっ！」

「あはっ、あはは、じゃあ、あたしは倍々返しだもんっ！」

そうしたらもう、あとは幼稚な応酬のはじまりだ。

仕返しに啓太は大人げなく全力で水を陽向にぶっかけ返し、陽向も負けじとそれに応戦する。

ばしゃばしゃと派手に音を立てながら、先ほどまで静かだった川辺に大量の水しぶきが舞い、日差しに照らされきらめくなかで、ふたりの歓声が響きわたった。

「そら、そらっ、これでどうだっ」

「わわっ、ちょっと、啓太兄ちゃん、本気出しすぎっ」

「先に手を出したのは陽向ちゃんだろ。手加減なんかしてやんないからな！」

「あははっ、わわっ。啓太にいちゃんてば子供っぽーい」

「言ってろ、言ってろ、ほれほれっ」

啓太が本気を出せば、さすがに体格差で彼のほうが圧倒的に有利になってしまう。

たまらず陽向はばしゃばしゃと水しぶきを上げながらあちこちに逃げるが、まあ足下の悪い場所で逃げられるはずがない。逃げても逃げても水をぶっかけられて、やがてその勢いに押し負けるようにして、陽向はたまらず体勢を崩して川底に尻餅《しりもち》をついてしまった。

それでも啓太は手を止めず、追い打ちに水をばしゃばしゃとかけてやる。

「あはははっ。ちょっと、待って、待ってってってばぁ」

「だーめだね。待ってやらん！」

「わっ、ちょっと、もおっ」

文句を言いつつ、陽向はあくまで楽しそうにけらけら笑う。

どうやらよほど、啓太とこうして遊びたかったらしい。今日の陽向は特に上機嫌だ。

「んーもお、こうなったら、ええい！」

しかし、陽向がそのまま負けっぱなしでいられるはずがない。

啓太のかける水の勢いに負けじとなんとか身を起こし、そして彼女はそのまま勢いに任せて、彼に体当たりした。

「うおっ⁉」

　この不意打ちはさすがに対応できず、啓太は、ばっしゃあんと盛大な水柱を立てながら、陽向ともつれ合うようにしていっしょに倒れこむことになってしまった。

「こら、今のはさすがに危ないって。下手したら頭ぶつけるところだったぞ！」

「えっへへへ」

　慌てて少し強めにたしなめても、陽向はちっともこたえていないらしい。

　それどころか甘えて抱きつき、ネコみたいに頭をぐりぐりこすりつけて、じゃれついてくる始末である。

　ぎゅーっと啓太にくっつきながら、陽向はただただのんきに向ける笑顔がまぶしい。よほど興奮しているのか、冷たい川水の中に腰まで浸かっているのに、陽向の体温は太陽で照らされているかのように火照っていてあたたかい。

　頭のてっぺんからびしょびしょになりながら、陽向が見せるやんちゃな笑顔に、啓太としても毒気を抜かれて苦笑を返すことしかできなくなる。

「あ、そうだ。見てみて、啓太兄ちゃん。あそこにね、よく魚がいるんだよ！」

「え、マジか。どこ？」

「あそこ、あそこ。あのでっかい岩の陰。捕まえてみよっ」

「あ、そこ、けっこう深いだろ。気をつけろよ！」

「わかってる、わかってる！」

かと思えばぱっと啓太から身を離し、ばしゃばしゃと小魚の住処《すみか》になっているらしい岩のほうへと走っていって「ここだよ、ここここ」と手招きする。

本当にせわしないというか、落ちつきがないというか……まるで久しぶりに帰ってきた飼い主を迎えて、尻尾《しっぽ》を振って喜びまくっている子犬のようだ。

そういえば……ふと思い出す。たしか祖母から聞いた話だが、陽向は呼吸器を鍛えるために、意識して頻繁に、ここに水遊びにつれて来られているらしい。喘息《ぜんそく》や気管支炎などを患った子供を鍛えるために、プールに通わせることがあるというが、要するに陽向のこの水遊びもその一環なのだろう。

してみると、陽向にとってここは、そうとう通いなれた、プライベートな場所ということなのかもしれない。

陽向がさっきからずっと上機嫌なのも、きっと自分の秘密基地に大好きなお兄ちゃんを連れてきて、秘密を共有するような、そんな気分でいるのだろう。

「ほんっと元気だな、陽向ちゃんは」

苦笑しつつ啓太は立ちあがり、早くと急かす陽向のほうへと向かっていった。

3

はしゃいでいれば、時間が経つのは本当にあっという間だ。

体感的には小一時間くらいしか遊んでいないつもりだったのだが、いつのまにか太陽は空の真ん中までのぼってしまっていた。

念のために腕時計を見てみれば、もうすでに正午をすぎてしまっている。

「……わ。もう昼か」

「えへへ、なんかそういえば、お腹がすいてきちゃったかも」

調子よく陽向がそんなことを言ってお腹をさすりはじめたが、たしかに言われてみれば、啓太も腹のあたりがなんとなくせつなくなってきたような気がする。

そんなわけで、ちょうど頃合もいいだろうということで、啓太と陽向はそのまま川辺の岩の上でお弁当を食べることにした。

ビニールシートなんかは用意をしてこなかったから、着がえず、タオルで簡単に水気を拭き取っただけの状態で、岩にじかに腰かけての昼食だ。

「うわぁ、あったかーい、気持ちいい」

陽向の言うとおり、川辺の岩は太陽に照らされてほどほどにあたためられていて、水で冷えた肌にはなんとも心地よい。これなら着がえないまま食事をしても、風邪を引くことはあるまい。

もっとも、もし日光が桜の梢に遮られずじかに当たっていたら、岩はもっと強く熱せられて、フライパンのようになっていたに違いない。

つくづくよくできた遊び場である。

「……よし、じゃあ、食べるか」

「うんっ、いただきまーす！」

用意してきた弁当は、決して豪華というわけではない。

梅干しを具にしたおにぎりに、おかずはよく焼いた卵焼き、チキンナゲット、あとは野菜分として、プチトマト、キュウリとそれにつける味噌《みそ》という、それだけの献立である。

一見バラエティ豊かだが、野菜は祖母が畑でもいでいたものをそのまま洗って持ってきただけだし、おにぎりのご飯は昨晩の夕食の残りだ。チキンナゲットは買い置きの冷凍食品だから、まともに料理をしたのは卵焼きくらいのものである。

「あ……うまい」

「だよね。外で遊んだときに食べるお弁当ってホントおいしいよね」

そう。だというのに、これがなんともおいしいのだ。冷えて甘みの増したご飯に、甘味料のまったく入っていない田舎ふうの梅干しの酸っぱさがちょうどいい。

祖母の作る梅干しはコンビニのおにぎりに入っている小ぶりなものとは違い、南高《なんこう》梅《うめ》を使っていて肉厚でみずみずしいのが特徴だ。啓太はじつはあまり梅干しが好きではないのだが、祖母の作ったものだけはおいしく食べることができる。

ほかのおかずも思いつきで作った簡単なものばかりだが、これも素朴な味わいがむしろ懐かしさを感じていい。特に砂糖を入れた卵焼きが梅干しのしょっぱさとも相性がよく、ついついご飯が進んでしまう。

「てか、このチキンナゲット、うまいな」

「これね、あたしが好きで、おばあちゃんが買い置きしてくれてるの」

ナゲットは陽向のリクエストで追加したおかずだったが、要するに彼女の好物だったらしい。

ひと口食べてみれば、たしかに陽向がハマるのも納得のおいしさだった。チキンナゲットと言えばなんとなく安っぽいイメージがあるが、これはまったくそんなことはない。

ファーストフード店で売られているような衣が硬く、中の肉がパサついたチキンナゲットではなく、衣がふわふわとやわらかく、中の肉もジューシーだ。

「これねえ、丸安《まるやす》ハムが作ってるナゲットなんだって」

「大手会社じゃん。てことは、俺が住んでるほうでも普通に買えるな」

思いも寄らないところでふだんの食事のレパートリーが増えてしまった。

おかずばかりでなく、野菜もじつに美味である。プチトマトは、かめば鼻の奥が少しつんとするほど香りが強く、トマト特有の甘さがおいしいし、キュウリもみずみずしく、味の濃いほかのおかずの箸休めに最適だ。

そんなわけで、おしゃべりもそこそこに、つい食事に夢中になってしまって、気づけばあっという間に弁当をすべて平らげてしまった。

「ふう、ごちそうさま……足りないこと、なかった？」

「んーん。腹八分目くらい。ちょうどいいよ。これ以上食べると太っちゃうし」

笑って、スク水に覆われたお腹をポンポンとたたく。

なんともはしたないというか女の子らしくない仕草だが、陽向がやると妙にかわいげがある。

「小学生がダイエットとか考えたらだめだぞ。今は育ちざかりなんだから」

「それでも気になるし」

一丁前にそういうことも考える年ごろになったということなのだろう。

だが正直啓太に言わせれば、陽向はまったくそんなことを気にする必要はない。

そもそも陽向は同年代の子に比べてやや身長が低めだし、身体つきも細めだ。胸や腰もまるみはあるものの、あくまで「ふくらみかけ」といった感じで、成熟にはほど遠い。

「だーめ。この時期に食事をちゃんとしないと、ちゃんと成長しないから身体が弱くなるんだってさ。たしか、テレビでそんなこと言ってた」

「えぇ……」

説教くさい啓太の忠告に、うさんくさそうな反応を返してくる。

だが、そこでなにか思いついたらしい。

なぜか陽向も自分の胸もとに視線を下ろし、しばらくじっとその場所を眺めて、なにごとかを考えるようなそぶりを見せた。

「うーん……」

かと思えば唐突に、なにやら物思いにふけるような顔のまま空を見あげ、しばらく岩の上で足をぱたぱたと動かしたりする。

あらためて啓太のほうを見あげる陽向の顔は、どこか奇妙な雰囲気をまとっていた。

「もしかして、ご飯もっとたべたら、おっぱい、おっきくなる?」

挑発するような口調だった。

すっと上目遣いで身をよせてくる。

少し視線をずらせば、控えめながらもたしかにある胸のまるみがはっきりそれとわかるアングルである。

さっきまでの無邪気な立ちふるまいはどこへやら、今の陽向の仕草には、どこか小悪魔じみた危うさがある。

啓太は、昨夜のことを思い出した。

つい今の今まで忘れることができていたのに、同じ布団の中で陽向がオナニーをしていたときの、あの肌の熱さを、甘く密やかな喘ぎ声が、ありありと啓太の脳裏に蘇《よみがえ》ってしまう。

「……それは遺伝とか、体質によるだろうし……なんとも言えんけど」

動揺を感づかれないように、必死に憮然《ぶぜん》とした顔を取り繕う。

「じゃあさ、兄ちゃんは、おっきいほうがいい?」

「なにが、じゃあなんだよ……ていうか、ふざけるのはやめなさいって」

「別に、ふざけてるわけじゃないけど」

「いきなりどうしたんだよ。なんか変だぞ」

いい加減我慢ならず、たまらず強引にこの話題を切りあげにかかったが、陽向はそれを許してはくれなかった。

「うーん……えっとね」

言いづらいことでもあるのか、どこか恥ずかしそうに陽向は一瞬だけ顔を背ける。

しかしすぐに決心がついたらしく、底のしれない強烈な圧力の視線で彼を金縛りにしながら……陽向は、とんでもないことを口にしたのである。

「ね……啓太兄ちゃん、もしかしてさ、昨日、あたしがひとりエッチしてたの……気づいてた？」

「……え」

さすがにその発言には動揺してしまって、とっさにうまいごまかしかたができなくて……だからそんな啓太の反応に、陽向はすべてを察してしまったようだ。

「そっかぁ。なーんか朝から様子が変だなーって思ってたけど、やっぱバレちゃってたんだね。まあ、しかたないかぁ」

たはは、と少し気まずそうに笑う。

よくわからない反応だ。

ばつが悪そうな表情ではあるが、一方で恥ずかしがるような様子がいっさいない。まるで、ちょっとしたいたずらがバレたかのような気軽な反応だ。

しかも「バレたんならいいか」と開きなおっているのが本当に意味がわからない。

ひどく理不尽なものを目《ま》の当たりにした気分である。

女の子なのだから、もう少し恥じらいとかがあるべきではないのか。

「ね、啓太兄ちゃん、バレちゃったからもうしょうがないから相談しちゃうんだけどさ、じつはね、あたしね、最近ね、ちょっと退屈なんだぁ」

「退屈……？」

「うん、ひとりエッチしてもね、いいやりかたとか知らないし、えっと、オカズって言うのかな。ひとりエッチのときね、いろいろ想像しながらするんだけど、最近ワンパターンで、ちょっと飽きてきたっていうか」

次から次へと聞きたくもない、知りたくもなかった、陽向にとって本来秘密にしておくべき生々しい情報が開示される。

あるいはオナニーをはじめたといっても、幼いがゆえに、一般的に性的なものが恥ずかしいものであるとか、そういう発想が彼女にはまだないということなのか。

「やめなさい。そういうの、べらべらと他人に言うもんじゃないよ」

「いいじゃん、別に。啓太兄ちゃんなんだし。てか、話そらさないでよ。啓太兄ちゃんはあたしよりずっと大人なんだからさ、エッチなこといっぱい知ってるでしょ。いいひとりエッチのしかたとか、いいオカズとか教えてくんない？」

「いや、だから……待って、待ってくれ。なに言ってるんだよ⁉」

陽向の発言は、とんでもないお願いで、啓太は思わず声を荒らげざるをえなかった。

いったい、なにを考えているのか。開きなおるにしても程度というものがある。

いや、長いつき合いである。だからこそ啓太は陽向がなにを考えているか即座に理解できてしまって、彼はよけいに頭痛を覚えるのだ。

オナニーの快楽を覚えたはいいものの、陽向はまだまだ小学生である。しかも田舎暮らしということもあって、住む世界はひどく狭く、いろんな情報を仕入れる手段は乏しい。要するに陽向は、もっと気持ちよくなれるエッチのしかたや発想があるはずなのに、それを知ることができない現状に、常々欲求不満を抱えていたらしい。

だからオナニーがバレてしまったのを幸いにと、開きなおって啓太を頼ったのだ。

「いやだよ。なんでそんなことしなきゃいけないのさ」

だが、啓太としては拒否である。とうぜんだ。

「なんでよぉ」

「あのね、世間では大学生が高校生にそういうことするのだって、クズ呼ばわりされるもんなの。陽向ちゃんは小学生でしょうが。そんなの教えるわけないじゃん」

「それって、実際に大学生がエッチなことを高校生にするときのことでしょ。教えてもらうだけだし、別にいいじゃん」

「よくないよ。同じことだよ」

「だいたい、啓太兄ちゃんが言ったのって、大学生がナンパしたりして高校生とエッチなことするような話でしょ。あたしと啓太兄ちゃんなら別にいいじゃん」

「ぜんぜんよくないってば。俺はね、もう大人なの。陽向ちゃんを守る立場にあるから、そういうことはやっちゃだめなんだってば」

「むう……」

納得できないのか、陽向は頬をふくらませて、むくれてみせた。

仕草自体はなんともかわいらしいが、かといってそれで折れるわけにもいかない。

それとこれでは話が別だ。

「わかった。じゃあ、勝負しよ」

「勝負……？」

「そう。あたしが啓太兄ちゃんを誘惑するの。それで啓太兄ちゃんが興奮しなかったら、あたしの負け。あきらめる。啓太兄ちゃんが興奮したら、あたしのお願いをちゃんと聞いてよ」

「そんなのになんで応じなきゃいけないんだよ」

「だあって、啓太兄ちゃんが言ったことじゃん。啓太兄ちゃんはあたしを守る立場の人だからって。だったら、それを証明してみせてよ」

ここに来て、挑発めいた口調で、上目遣いで言う。

その小生意気なふるまいに、さすがに啓太も少しカチンときた。

「……わかった、わかったよ」

むちゃくちゃな理屈だし、別に啓太がそれに応じる義理はまったくない。

それでも啓太が受けて立ったのは、そうでもしないと陽向がきちんと納得してくれないと判断したからだ。それになにより、勝算もあった。

なにせ、昨晩いっしょに風呂に入っても、間近でオナニーをされても、啓太はまったく反応しなかったのだ。

だったら、今回も同じ結果になるに決まっている。

4

「じゃあ、はじめるね」

自信満々に陽向はそう宣言した。

勝負する流れに持ちこめばこっちのもの、とでも思っているのだろうか。

あるいはなにか、秘策でもあるのか。

「にひひ」

少しいたずらっぽそうに笑いながら、陽向はそっと啓太に身をよせてきた。

上目遣いで、もう少し顔どうしを近づければ、そのままキスができそうなほどの距離である。

そうなればとうぜん、少し興奮ぎみの吐息も頬にかかって、なんともくすぐったい。

「ぜんぜんだな」

けれど、それで啓太がどうにかなるわけがない。

昨晩いっしょに布団に入ったときも、こんな距離で見つめ合ったタイミングがあった。もうとっくに経験ずみのシチュエーションなのだ。

「そんなの、わかってるもーん」

挑発ぎみに放った啓太の台詞《せりふ》を涼しげにそう受け流しながら、陽向はそっとスクール水着の肩ひもに指を引っかけ、それをゆっくりと下ろしはじめた。

日焼け跡の残った肩があっさりと露になり、まったく焼けていない白い肌の胸もとまでもが、ぽろりとこぼれ出てくる。

この距離でそんなことをされれば、とうぜんながら陽向の乳首も視界に入る。

一瞬目をそらそうかとも思ったが、そうしてしまうとなんだかそれはそれで負けのような気がして、啓太はあえて陽向のその場所を直視することを選んだ。

（ちっさ……）

興奮するよりもまず、ただただ単純に、啓太はそんな感想を抱いた。

昨晩の風呂でも意識的に視線を彼女に向けないようにしていたので、陽向の胸を、特に乳首のあたりまでしっかり観察するのは、これがはじめてだ。

今まで啓太が見た中で、ダントツで幼くて小さな乳首だった。

桜色で乳輪も小さく、特に乳首が陥没ぎみになっているせいか、至近距離であっても乳首の突起がほとんど確認できないほど、自己主張の乏しい造形だ。

「ドキドキしない？」

「しないな」

どうやらこれが、陽向の考えていたとっておきの誘惑だったようだ。

「陽向ちゃん、自分がどんくらい子供っぽいか、もう少し自覚したほうがいいよ」

うんざりした気持ちでそう言ってやる。

実際には、プロポーション自体はロリものAVで抜いたことがある以上、陽向の体形そのものは、啓太にとっては十分に欲情する対象の範疇《はんちゅう》に入っている。

しかしそれはあくまで対象が成人しており、AVに出ているほどエッチな女性だという認識が先にあったうえでの話だ。

陽向が小学生で、しかも従妹という関係性がまず大前提としてある状態で、乳首を見せられた程度で興奮するわけがない。

「むう……」

反応が芳しくなかったのが、どうやら陽向としては不満だったらしい。

当てがはずれたようだが、啓太にとってみればとうぜんの結果である。

エッチな知識がたいしてなくて啓太に教えてほしいとねだってくるような彼女に、満足な誘惑ができるわけがない。

「じゃあ、えと、えっと……ええい、これならどうだ！」

「お、おい？」

しかし、なかばやけっぱちな声を出しながら、次に陽向がくり出してきた一手には、さすがに啓太も少し動揺せざるをえなかった。

なにせ陽向は、啓太の手をいきなりひっつかんで誘導して、自らの胸に当てさせたのである。

「陽向ちゃん、お、おまえ、それは反則だろう！」

「そんなことないもん。これだって啓太兄ちゃんがあたしになにかしてるわけじゃないんだし、だったら誘惑でしょ？」

啓太としては、てっきりこういった直接的な接触はないものとばかり思っていた。なんだか勝手にゴールを動かされたような気分だが、よくよく考えてみればそんな取り決めを交わしたわけでもない。

（う……）

この感触は、正直言って、かなり危うい。

陽向の胸は本当にふくらみかけの、慎ましくいかにも幼い造形だが、これがじかにいざ手で触れてみると、意外なほどに柔らかかった。

……じつは啓太は、童貞ではない。

高校時代に一度だけ、本当に短い期間だが、クラスメイトとつき合った時期があり、回数こそ多くないものの、その彼女と何度か性的な接触をしたこともある。

とうぜんその際に、胸を愛撫《あいぶ》したこともあるわけだが……陽向の胸の感触は、全体的なボリューム感こそないものの、柔らかさや手触りのよさで言えば、記憶の中の元彼女のそれと比べても、まったく劣ってはいないものだった。

（うぐ……）

ついつい、当時の彼女との性行為を思い出してしまう。

心では拒否しつつも、身体の芯のほうがだんだんと粘っこい熱を帯びてくる。

今目の前に、自分のそばに、エッチな気持ちになっている女の子がいるのだ。

ＡＶなんかをオカズにすることでは決して得られない、圧倒的な現実味を伴ったその実感に、じわじわと啓太の理性が浸食されていく。

「お。あれあれ。啓太兄ちゃん、ちょっと反応してる？」

「そんなわけ、ない」

平静を装いそう返すが、啓太の内心の動揺に気づかない陽向ではない。

「ふうん。本当かな。じゃあ、もっと、あたしの身体、触らせてあげるね」

「え、ちょ、ちょっと……」

胸を触らせるだけに飽き足らず、陽向はもっと水着をずり下げ、露になった肌のあちこちを、啓太の腕をつかんで強制的に撫でさせる。

滑らかで、川遊びをしていたせいでほんのり湿った小学生の肌は、驚くほど張りがよくてみずみずしい。

その感触に、あっけにとられているうちに、陽向の誘導によって、啓太の指先は胸からだんだんと下に向かって導かれていく。

こうして実際自分の手のひらで触ってみると、陽向の身体がどれほど子供っぽいかをあらためて突きつけられる思いだ。

特にすばらしいのは、へそのくぼみが愛らしいお腹だろう。あまり目立たないが、実際に触ってみると、ぽこんとしたふくらみがわずかに残っているのがわかる。

腹筋が未発達で、内臓に内側から圧迫されてできる……いわゆるイカ腹と表現されるものだ。成人したロリ系AVの女優では絶対再現ない、本物の幼い少女ならではの身体的特徴である。

「ん……ん……」

ふいに、啓太は気づいた。

ついさっきまでの威勢はどこへやら、いつのまにか陽向は、急に静かになっている。

変わったのは口数だけではない。

見てみれば陽向の表情がどこかとろんとしてきているし、間近に感じる彼女の吐息も甘みを帯びてきて、啓太を見つめる表情はどこか涙ぐんでいるようにも見える。

(陽向ちゃん……もしかして)

もしかしてもなにもない。

おそらくこの反応は……啓太を誘惑しているうちに、彼女自身も少し興奮してきているのだ。

「や、やめなさいっ!」

さすがに我慢がならない。これ以上は本当にいけない。

ふくれあがる危機感に、啓太は陽向の手を振りほどいた。

ものには限度というものがある。もう勝負とかそれどころの話ではない。

「おふざけがすぎるよ。もうおしまい。おしまいだから!」

「え……」

どうやら本当に陽向は興奮して、夢見心地になっていたらしい。

彼女は裏切られかのような表情で少し悲しそうに啓太を見て……しかしそのタイミングで、啓太の身体の変化に、目ざといことに気づいてしまったようだ。

「あ……啓太兄ちゃんのおまた、おっきくなってる」

「え……あ……」

「あ……そういえば」

どうやらよほど夢中になっていたらしく、今になって陽向は、自分自身が持ちかけた勝負の最中であることを思い出したらしい。

発情していた顔が一変し、急に陽向はふだんどおりの子供らしい笑顔になる。

「これ、アレだよね。ボッキっていうんだっけ。エッチな気分になって、おち×ちん、おっきくなってるんだよね!?」

……そう。もはや言いわけすることなどできるはずがない。

相手は年端もいかない従妹だというのに……エッチに興奮している女の子の肌に触れているというこの状況に、啓太の股間は、牡《おす》の反応を示してしまっていたのだ。

「やった、やった。これ、あたしの勝ちだよね。じゃあ、約束だからね、あたしの言うこと、いっこ聞いてもらうんだから！」

この期《ご》に及んでもう勝負とか言っているのはだめだろうと思うのだが、残念ながら啓太には、陽向を説得して要望を拒否できるような材料はなにもない。

「くそ……わかったよ。で、なにを教えてほしいって？」

「うーん。うーん。そうだなぁ。いろいろあるけど、いっぱいあるけど……」

よほど上機嫌になっているのか、腰をくねくねと動かし、小躍りしながらしばらく考えをめぐらせて……そしてやがて、案がひとつにまとまったらしい。

どうやらよほどの名案らしく、瞳を子供っぽく爛々と輝かせながら、陽向が口にしたお願いは、しかし啓太にとっては最悪なものだった。

「じゃあねえ、啓太兄ちゃんの、ボッキしたおち×ちん、見せて」

「……はぁ？」

「だって、あたし、エッチがどういうことかは知ってるけど、ボッキしたおち×ちん、ちゃんと見たことないし、どんな感じなのかぜんぜん知らないんだよね。だから、見せてほしいなって」

「オナニーするオカズにするのにどういうネタがいいかとか、そういうこと知りたいんじゃなかったのか？」

「だからだもん。本当のおち×ちんがどういうものかわかれば、ひとりエッチのときのオカズも、もっとリアルになるでしょ？」

無邪気にそんな勝手なことを言う従妹が、啓太には今、最悪最低の悪魔のようにしか見えなかった。

5

負けてしまった以上、陽向のお願いには応えるしかないのだが……しかしやはり啓太としては、こんな状況、躊躇《ちゅうちょ》を覚えずにはいられない。

そもそも陽向は、はたして自分の言っていることの意味を、きちんとわかっているのだろうか。

オナニーのオカズを考えるときに、より興奮できるように、リアルな啓太の男性器のことを知りたいということは、言いかえれば陽向は今後、啓太の男性器をオカズにするということである。

率直に言って、啓太はめちゃくちゃそんなのいやなのだが……陽向のほうは、まったく抵抗を感じていないのが、心底不思議でならない。

(もしかして、陽向ちゃん、俺とエッチなこととかをしたりするの、普通にかまわないと思ってるのか……?)

やはりここは、叱ってでも彼女のお願いを拒否すべきだろうか。

大人としてはそうするのが、適切な判断のような気がする。

（いや……それもだめか）

まだ小学生である陽向に、大学生の啓太が、エッチな知識を吹きこんだり、自分の性器を見せたりするなんて、考えるまでもなくいけないことだ。

けれど、持ちかけられた勝負に応じ、約束をしてしまった以上、それを「やっぱりだめだ」と覆すのも、同じくらいにやってはいけないことのような気がする。

約束を違えるのは、陽向の信頼を裏切る行為だからだ。

要するに……そもそも啓太は、最初から間違えてしまっていたのだ。

陽向が勝負を持ちかけたときに、それに応じてはいけなかったのだ。

「ねえねえ、啓太兄ちゃん、早く早く」

そんな啓太の懊悩《おうのう》など、とうぜん陽向はわかってくれるはずもなく、彼女はただただのんきに啓太を急かしている。

「……わかった。わかったから」

逃げ道はもうない。

しぶしぶ啓太は水着を下ろし、陽向の目の前で、その股間を露にした。

「わ、わ。こんななんだ……」

陽向は啓太の股間を目の当たりにし、どこか感激したような声をあげた。

自分の若さが恨めしい。

とっとと萎えていたりしてくれれば、その状態のものは風呂でも陽向に何度か見られているからまだよかったのだが、若い性欲をみなぎらせた啓太の股間はそう簡単にはおさまってくれるはずもなく、立派に天を向いていた。

「えっと……エッチのときのち×ちんって、こんなんなの。これが普通なの？」

「まあ……わりとサイズ自体は、人それぞれみたいだけど……だいたいの形とかはこんなのかな」

「じゃあ、こんなのが、エッチのときに、女の子のおまたに入っていくの!?」

保健体育の授業で習ったのか、あるいは耳年増な友達に吹きこまれたのか……どうやら陽向は、セックスという行為のとき、男性器と女性器がどういうふうに交わるかという基本的な知識は持ち合わせているらしい。

「………」

ふいに陽向は神妙な顔をして、啓太の勃起をまじまじと観察したあと……なにやら自分のお腹に手を当て、指を使って股間からの長さを測りはじめた。

「うわぁ……」

そうして彼女は、感動したような、少し引いたような、奇妙なうめき声を漏らす。

察するに、自分のお腹に啓太のものが挿入されたとき、お腹の奥のどこまで突き刺さるかを、それでざっくりと計算していたらしい。

「え、おへそのあたりまでおち×ちんが入っちゃうんだけど。そんなの入ったら、壊れちゃわない……？」

「いや、ふつう、陽向ちゃんみたいに身体が小さい時分には、そういうことしないもんだし……」

「ふうん。じゃあ、じゃあ、次は触ってみていい？」

「さ、触るの!?」

「だってどんな触り心地か知りたいし」

拒絶する間もあればこそ。陽向はずいっと啓太に身をよせ、そして勃起の竿《さお》の部分を、そっと指先で撫でてきた。

「わ、わ……熱い。それにぴくぴくしてる。こ、これ大丈夫なの。病気じゃない？」

「病気じゃ、ないけど……」

「じゃあ、これもボッキしたときの普通なんだ。うわぁ……」

感動したようなため息をつきながら、これが異常な状態ではないと教えられて安心したのか、陽向は本格的に啓太の勃起を触りはじめた。

「う……くぅ……」

粘っこい熱さを持った甘い感覚が、ぞわぞわと背すじを走り抜けていく。むずがゆい。それになにより、恥ずかしくて死にそうだ。

「わ、すごい、変な感じ……熱いし、別の生き物みたい……」

正直なところ、陽向の指遣いはあくまで啓太の勃起の感触を確かめるもので、まるで愛撫の体を成していないものだった。

しごくような動きをすることはまったくなく、おっかなびっくりといった感じで、血管が浮いた表面の感触を撫でて確かめたり、つんつんとつついてみたりして、勃起の反応をしげしげと観察している。

そんな陽向の手つきは、どれも興奮や快楽を与えてくれるものでは決してないはずなのに、心底情けないことに、啓太の勃起はおさまる気配を見せてはくれない。

ここ数日は親戚の集まりに参加していたせいで、まともに性欲を発散する機会を得られていなかった。

そのせいだろうか、こんな稚拙にもほどがある刺激でも、硬さと熱さを維持し、むしろより昂《たかぶ》ってしまうには、十分だったのである。

「わ、わ……こんな感じなんだ」

しかも……さらに度しがたいことに、そんなふうに啓太が必死に刺激に耐えているそのタイミングで、陽向はなにを思ったのか、きゅっと軽く、啓太の勃起を握りしめてきたのである。

「な……ちょ、ひ、陽向ちゃん、なにしてんの!?」

「だって、おまたの中に、これが入るんでしょ。だったらどんな感じか、こうするのがいちばんわかるかなって」

正気の沙汰ではない。

本気で彼女は、啓太の性器を挿入される場面を妄想してオナニーする気らしい。

しかも握るだけではなく、おそらくセックス中の抽挿の動きをなんとなくたどっているのだろう。啓太の勃起を握ったその手を、ゆるやかに上下させはじめた。

陽向にそんなつもりはないのだろうが、その手つきは完全に愛撫そのものだ。

「う。くっ……あぁ……」

オナニーするのとは、まったく異なる感覚だ。

まずなにより違うのは、陽向の手のひらや指先の感触だ。

田舎の野山で頻繁に遊んで鍛えられているはずなのに、陽向の手は、ゴツゴツとした啓太の手よりもずっとずっと滑らかで繊細だ。

そんなものでしごかれれば……さすがにこれは、たまったものではない。

さんざん刺激にもならないようなゆるい接触で焦らされたあげくに、このような本気で気持ちいい愛撫をしてくるのは反則だ。

ゆるい刺激だからこそなんとか耐えられていたというのに、こんなことをされたら、なんとか抑えこんでいた許されざる感情が、我慢できなくなってしまう。

「……もしかして、啓太兄ちゃん？」

「な、なんだよ……」

「啓太兄ちゃんも、気持ちよく、なってる？」

きょとんとした、うかがうような顔だった。

陽向としてはあくまで啓太の勃起の感触を確かめるためにやったことで、彼に快感を与えようなどとは露とも考えていないのは、その表情からも明らかだ。

罪悪感で死にたくなる。経緯《いきさつ》はどうあれ、つまりこれは、啓太が勝手に、無邪気にふるまう陽向に劣情を催し、快感を覚えたという構図になってしまったのだ。

「う、うるさいよ」

苦しまぎれに憎まれ口をたたくが、語るに落ちるとはこのことだ。

「……そっか。気持ちいいんだ。そっかぁ」

なぜか、ぱあっと陽向は目を輝かせて……そしてあろうことか、彼女は手コキの動きをさらに激しくさせた。

「う、うああっ!?」

さすがにこれは、たまらない。

激しい抽挿を模した動きは、完全に性行為と変わらない刺激で啓太を苛《さいな》んでいる。

あたたかい胎内に包まれて、激しく愛し合うようなその感触は、間違いなく啓太を、さらに薄暗い背徳の快楽の中へと追いつめていった。

「う、ううっ、ひ、陽向ちゃん、な、なにを!?」

「見せてよ。、啓太兄ちゃんが、気持ちよくなってるとこ。あたし、男の人がエッチになってるとこ、見たい。どんな感じになるか見たい」

ひょっとして、それもオナニーのネタにする気なのか。

自分が組みしかれる妄想のなか、今の啓太の顔を想像してオナニーする気なのか。

「や、やめ……ぐうっ!?」

だめだ。これは、本当に危ない。

こんなことをされれば、いよいよ最後まで昇りつめてしまう。

「あ、なんか……出てきた」

「う、そ、それは……」

そしてその予感を証明するかのように、とうとう啓太の先端から透明な粘液があふれはじめてしまった。

なんてことだろう。今、啓太は従妹の前で、先走りを垂れ流してしまっているのだ。

「……そうなんだ。男の人も、エッチになったら、こうして濡れちゃうんだね。わ、すごい、ねとねとしてる。あたしが出すやつとおんなじだぁ」

先走りの知識はどうやらなかったようだが、しかし直感で陽向は、その体液がどんなものかを理解してしまったようだった。

陽向は右手で手コキを続行しながら、器用に左手の指先で啓太の先端から先走りをすくい取り、指先でねとねとと弄んだりして、その感触を確かめている。

最悪だ。

自分よりはるかに年下の女の子の前で強制的におもらしさせられたかのような……

そんな羞恥に、頭のてっぺんまでカッと熱くなってしまう。

……いや、それより、陽向は今、とんでもないことを言ってはいなかったか。

(あたしと同じって……じゃあ、陽向ちゃん、もうオナニーとかで、愛液が出てたりするのか?)

そういえば昨夜も、粘っこい水音のようなものも聞こえていた。

陽向に抱いていたかわいい従妹のイメージが、ガラガラと音を立てて崩れていく。

それまで年の離れた妹のようにしか感じていなかった女の子の身体は、その生殖器は、もうとっくに、きちんと女として成熟しはじめていたのだ。

「あたし、ん……ぁ。あぁ……なんか、やばい、かも。んんっ」

そして……啓太があっけにとられている間に、どんどん事態は悪化していく。

いつのまにか、陽向の様子が、明らかに変になっていた。

あるいは啓太の先走り汁を目の当たりにしたのがきっかけになったのか、啓太の勃起を見る目は潤み、口からこぼれる吐息も、ふたたび甘さを帯びはじめている。

「ん……あぁ、こんなのが、おまたの中で、くちゅくちゅって、するんだぁ……」

しかも陽向の脳内では、すでに啓太と陽向が挿入セックスを楽しんでいるらしい。

それで気分が乗っているのだろうか、啓太のものをしごく彼女の手つきも、さっきまでよりもどこかねちっこさが増しているような気がする。

その小さな手のひらは、すでに啓太の先走りでどろどろにコーティングされていている。そうして滑らかさを増した指先で、陽向は、カリの、裏スジの、浮き出した血管の一本一本の形をじっくり確かめ、記憶に刻みつけている。

手つきだけでなく啓太に向ける視線も、今や陽向は完全に熱に浮かされたものになっていた。

まるで恋こがれた相手を見つめるような、そんな一途《いちず》さを感じさせる乙女のまなざしを、彼女は啓太の顔ではなく勃起に注いでいる。

「ん……ん、あ……はう……」

そうして……いよいよ陽向も、もう欲望に歯止めが利かなくなってしまったらしい。

唐突に手でいじくりまわすのをやめ、陽向は無言で、ぼんやりうつろになった顔で、啓太の腰にどかりと乗っかってきたのである。

「な、え……ひ、陽向ちゃんっ!?」

「ん、うう、ん……」

非難の声をあげても、自分の世界に入りこんでしまっているらしい陽向は返事をしてこない。

けれど、これはまずい。この姿勢は、いくらなんでもよろしくない。

なにせ今、陽向が啓太に馬乗りになったことで、彼女の秘部が啓太の勃起に、完全に密着してしまっているのだ。

もちろん今の陽向は半脱ぎで、全裸ではない。

下半身……股間はかろうじて水着の布地一枚が啓太と陽向の粘膜の間に挟まってくれている。

けれど逆に言えば、ふたりを隔てるものは、本当にそれだけのものでしかない。

体温も、互いのその部分の肉の感触も、はっきりと伝わってきてしまう。

(う……な、なんだ、これ……)

しかもさらに受け入れがたいことに……啓太は、ちょうど触れ合った裏スジに、なにやら濡れたような感触があることに気がついてしまった。

間違いなくそれは、陽向が興奮し、彼女の股ぐらからにじみ出てきた愛液だ。

「あぁ……すごい、ごりごりして、あ、ん、あ、あぅ」

呆然とする啓太をよそに、陽向はうわごとのように喘《あえ》ぎながら、くにくにと器用に腰を動かし、自らの股間に啓太の勃起をこすりつけてくる。

勘弁してほしい感触だ。

水着の布地は決して薄くはないのだが、愛液でコーティングされているせいか、水着の奥に秘められた陽向の股間の形状がはっきりとわかってしまうのだ。

ぷにぷにとした肉唇や、ちょこんとしたクリトリスの突起が、敏感になった裏スジを撫でてくるのが、わかってしまうのだ。

「あ、あ、んんっ、ああ……すご。ああ、これ、これ、気持ちいいよぉ……」

たまらなくなったのか、陽向は啓太の首に腕をまわし、きゅっと抱きついてくる。

細っこい少女の身体が密着する。甘い少女の声が耳もとに直接吹きかけられる。

快楽に抗《あらが》えず、ぴく、ぴくと小さな身体が震えるのがじかに伝わる。

……もう、だめだ。

「う、うあ、あううっ」

理性が置いてけぼりを食らってしまう。本能だけが、先に突っ走ってしまう。

「あ、んんっ、あ、だめ、だめっ、ああっ、啓太兄ちゃん、あ、動いて……んんっ」

「う、ぐううっ」

そう……とうとう啓太は侵してはならないラインを踏みこえてしまった。

どうにもならない射精衝動に突き動かされ、啓太は腰を動かしはじめてしまったのだ。理性ではわかっている。本来こんなことは、許されるものではない。

従妹の小学生の股間に自分の勃起をこすりつけて、快感をむさぼるなんて、絶対そんなことはあってはならないことだ。

けれど、理性が利かないのだ。ブレーキが利かないのだ。

「ん、あ、あっ、あっ、啓太兄ちゃん、啓太兄ちゃぁんっ」

「はぁ。はぁ……ん、くうっ、ああ。も、もう、だめだッ」

加速する摩擦に、ふたりの股間はますます敏感になっていく。

快感が共鳴する。無限ループする。肉欲の永久機関になってしまう。

陽向の甘くとろけた顔は、今や完全に女のものになっている。どこかせつなそうにきゅっと眉根がよせられ、悩ましく髪を振り乱している。

意識が飛びそうな激しい快感の中でも、啓太のことをずっと近くに感じていたいのか、彼に抱きつく腕の力は、快感の吐息が激しくなるにつれて強くなってくる。

だめだ。もう、本当にだめだ。

もうこうなれば……こんなの、セックスしているのとなにも変わらない。

「あ、あっ、啓太兄ちゃん、だめ、あ、あたし、んんっ、ああ……っ」

今やふたりとも快感の制御が完全にできていない。

陽向も啓太も思いおもいに腰を動かして、それがもう止められるわけもなくて、暴走した快感の濁流は、あっさりとふたりの意識を呑《の》みこんでいく。

「あ、あっ、んぁああっ」

そうして……先に音をあげたのは、陽向だった。

ぎゅうっと、その細くて小さくて幼い全身に力が入る。

びく、びく、びくっと身体中が波打って、快感に全身の筋肉が収縮する。

「ん、あああぁ……っ」

控えめな、けれど明らかな絶頂の反応だ。

それを感じて、ましてきゅんきゅんとひくつく幼スジの感触を、スク水越しとはいえ、裏スジに押しつけられて……そんなの、耐えられるはずがない。

「う、あぁ……っ」

びゅ、びゅるる、びゅるるっ。びゅるるるるっ。

そうして、だから……啓太はとうとう、最低な最後の解放を迎えてしまった。

抱きついてくる陽向を引きはがせず、快感にのけぞったまま、従妹の小学生のスク水に、汚らしい牡の子種汁を大量にぶっかけてしまったのだ。

(ああ、なんてこと……)

誘惑され、興奮してしまい、しかも流されるままに素股までされてしまって、小学生の目の前で射精までしてしまった。

「あ……すご……これが、精液、なんだぁ……」

絶頂の余韻のなか、陽向が多幸感に満ちた瞳で、腹の上にかかった精液をぼんやり眺めている姿に……啓太はただただ途方に暮れるしかなかった。

第三章　バスの中でのいたずら

1

次の朝……啓太は陽向に誘われて、屋敷の裏にある畑を訪れていた。

主に祖母が世話をしている畑だが、今は入院している関係で手つかずの状態だ。

三日ほど放っておいても別に不都合はないのだが、育ちの早いものは実が大きくなりすぎて、落ちて腐ってしまう。

それはさすがにもったいないということで、陽向に促されて、急遽《きゅうきょ》野良仕事をすることになったわけである。

「そういえば畑で仕事するの、久しぶりだなぁ……五年ぶりくらいか？」

「あ、そうなんだ？」

「最近は家のメンテとか……そっちの手伝いばかりやってたしな」

「えっへへ。じゃあ、わかんないことあったら聞いてね。教えたげるっ」

屈託なく陽向は笑うが……正直啓太は、どう反応すればいいかわからなかった。

昨日、川辺であんなことまでしておいて、どうしてそんな顔ができるのだろう。

というか、じつは川辺の一件だけではなく、そのあとも、啓太は陽向に昨日一日、ずっと振りまわされっぱなしだった。

なにせ陽向はそのあとの晩も、おととい とまったく同様にいっしょに風呂に入ろうとしてきたし……さらにその深夜には、啓太と同じ布団で眠りながら彼のとなりで、こっそりオナニーまでやってしまっていたのである。

なにからなにまで、意味がわからない。

まず、あんなことをしたあとに、普通に今までどおりにいっしょの風呂に入りたがるというのが本当に理解に苦しむ。

昼間、あれだけ肌を密着して快感をともにしておきながら、そんな行為をする前とまったく同じテンションで、エッチなことをするつもりなんてまったくなさそうな雰囲気で、陽向はお風呂の中で裸どうしになりながら啓太に甘えてきたのである。

（高校生だってはじめてエッチをしたら、次の日はいろいろ意識してちょっとよそよそしくなったりするもんだぞ……）

しかもそのうえで、おとといとまったく同様に、啓太の間近でオナニーをするというのは、いったいどういう了見なのだろうか。

おとといと違って、陽向は啓太にバレる可能性を十分に理解しているはずだ。

というか、恐らくだけれど、きっと間違いなく、陽向は自分のオナニーがバレているのに気づいているはずである。

だというのに今、彼女が見せる態度は、おととい以前とまったく変わらない。

「啓太兄ちゃーん、どんだけ採れた？」

「え、ああ……このくらいかな」

「おお、けっこうあるじゃん！」

今日の収穫は、プチトマト、キュウリ、ナスといった夏の野菜だ。

陽向が採ったぶんと合わせれば、小さな段ボール箱が埋まるくらいの量となった。

「どうせだから、これ朝ご飯にしちゃおっか」

そう言って、陽向は収穫したプチトマトを手に取り、自分のTシャツで皮の表面のうぶ毛を粗くぬぐい取ったあと、それを自分の口に放りこんだ。

農薬を使っていないので、こうして収穫してすぐに食べることができるのだ。

「ん、おいしっ。はい、兄ちゃんも」

「お、ありがと」

陽向が別のプチトマトをぬぐって、啓太に向けて「あーん」としてきたので、少々気恥ずかしいが、それに応じて食べさせてもらう。

「……あ、うまい」

品種がよいのか、それとも育てかたの違いなのか、店で売られているものに比べ、祖母が作る野菜はどれも圧倒的においしい。

このプチトマトも、かんだ瞬間に特有の甘みと酸味、鼻の奥がつんとするほど強い青くさいにおいが口の中ではじけて、好きな人にとってはたまらない味わいがある。

「ね、あたし、おばあちゃんの野菜すき」

陽向は屈託なく笑う。

あまりに邪気のないその笑顔に……もうなんだか、啓太は苦笑を返すしかない。

エッチなことに積極的な陽向は正直受け入れがたいが、ふだんどおりにふるまう彼女は、どこまでいってもやっぱり啓太の好きな従妹の陽向のままなのだ。

(ずっとこういう感じでいてくれればいいのにな……)

啓太としては、そう考えざるをえない。

どちらが本当の陽向の顔かといえば、おそらくどっちもなのだろう。

別にわざとふざけてどうこうしてるわけではなく、早めの思春期に入り、性的なことに興味を持ちはじめた陽向の側面を、啓太が知らなかっただけの話だ。

けれど、啓太は陽向のそういう側面とは、もうこれ以上は無関係でいたい。

エッチなことに興味を持って、オナニーが好きなのはもうしょうがない。

昨日、あれだけのことをしたのだから、それでせめて満足してくれれば……あとはもとどおりになってくれれば、もうそれでかまわない。

「そういやさぁ、今日はどうしよっか」

プチトマトを次から次へと口に放りこみながら、陽向がそんなことを言う。

昨晩のうちに入院中の祖母に連絡を取ったのだが、まだもう少し入院をする必要があるとのことだった。

「うーん……あ、そうだ。街に行って買い物とかするか」

親戚の集まりで使いきったのか、そういえば冷蔵庫の中の食材が残り少なくなっていた。今日の昼食はまあなんとか普通に作れたとしても、夕飯はどうすればいいかちょっと悩むくらいには心許ない。

「食材補充したいし、街に行けばいろいろ遊べるだろ」

「あ、いいね。じゃあじゃあ、下の街のショッピングモールがいいかな。あそこ、いろんなものがあるし」

陽向が言っているのは、バスで一時間ほど揺られて山を下った先にある、大型のショッピングモールのことだろう。

啓太はこれまで、その前をバスや車で通りすぎるだけで立ち寄ったことはないが、たしか映画館なんかも入っていたはずだ。

「決まりだな。ええと……バスの時間っていつだっけ」

「えっと、十時半くらい」

腕時計を確かめてみれば、あと三十分くらいしか余裕がない。

「……けっこう時間ないな。急いで仕度しようか」

「うんっ。えへへ。啓太兄ちゃんとお出かけだぁ」

歌うように言いながら、スキップしつつ陽向は母屋へ向かっていく。

まるでデートに行くような喜びようである。

そののんきな態度にふたたび苦笑しながら、啓太も陽向のあとを追うことにした。

これで、彼女の見たくもない一面を見ずにすめばいいのだが。

2

というわけで……畑仕事はそこそこにして、啓太と陽向はさっそく仕度をして、ショッピングモールへとやってきた。

一日に三本しかないバスに揺られること一時間あまりという、かなり長い道のりだったわけだが、陽向は退屈したような様子を見せることはまったくなかった。

むしろ啓太と遠出ができるのがよほどうれしいのか、終始うきうきと身体を揺らして鼻歌を口ずさんでいたりしていたほどである。

そういえば……と思い出す。親に連れられてどこかに遊びに行くようなことは何度もあったが、こうして陽向と啓太、ふたりきりで出かけるのは、これがはじめてだ。

それを思えば、陽向ほどではないにしろ、なんとなく新鮮な気持ちにもなる。

「……てか、もう昼だな。先に飯を食べるか」

到着してまずふたりは、レストラン階で腹ごしらえをすることにした。

正午にはまだなっていないが、朝食は採れたての野菜をかじっただけだったし、けっこう腹のぐあいもいい感じに減ってきている。

今日は人通りもかなり多いようだし、少し早めの時間にレストランに入って腹ごなしをしたほうがよいだろう……という判断である。

「なに食べたい？」

「うーん……いろいろあるけど……あ、これ。ここ、いいかも！」

レストラン階のマップをしばらくにらみながら陽向が決めたのは、少し落ちついた内装の、おしゃれな雰囲気のイタリアンレストランだった。

「えへ。こういうの、あんまり食べたことないんだよね」

陽向はちょっとはにかみながら言う。好物のハンバーグが目玉の店を選ばなかったあたり、ちょっと背伸びをしたい気持ちがあったのかもしれない。

ともあれ、啓太としても特に異存はない。

幸い席は空《す》いていたので、注文したらたいして待つことなく食事が運ばれてきた。

ちなみに啓太が頼んだのは揚げナスのアラビアータ、陽向はほうれん草とベーコンのクリームパスタである。

「……お、うまい」

「こっちもおいしっ。あ、ねえねえ、啓太兄ちゃん、ひと口ちょうだいっ」

「いいけど……これ、けっこう辛いぞ。唐辛子、利かせてるし」

「どれどれ……あ、ホントだ。辛い。でも、これもおいしいねえ」

パスタを食べるのだってこれがはじめてというわけではないだろうに、店の中でも陽向は終始ハイテンションだ。

もう小学六年生なので最低限の分別はわきまえて、必要以上に騒ぐようなことはしないが、それでもここ数日でいちばん賑やかな食卓だったかもしれない。

そうして腹ごしらえをすませれば、いよいよ本格的に自由時間である。

食材を買いに来たという目的はあるが、それはあくまで建前だ。どっちみち帰りのバスの出発時間までは四時間近くある。必要な買い物をするのは最後にしておいて、啓太と陽向は気ままに店内をぶらぶらすることにした。

「なんか欲しいものあるか？」

「え、買ってくれるの!?」

「予算内ならいいよ。余裕あるし」

「おお、啓太兄ちゃん太っ腹。大好きー！」

「あ、こら、ぶつかってくるなって、歩きづらい」

「えっへへ。じゃあ、今日はおもいっきり甘えちゃお！」

そう言いつつも、別に買いたいものがあるわけでもないようだ。

特に「あれが欲しい」などと言い出すこともなく、陽向はしばらくただ立ちならぶ店を物珍しそうにきょろきょろと見まわしていた。

「あ……」

そうしてしばらくふたりしてモールの中をうろうろして……ふとなにか、陽向は気になるものを見つけたようだ。

それまでひどく落ちつきなく、あちこちに視線をめぐらせていたのに、急に立ち止まって、じっと一点を食い入るように見つめている。

陽向が興味を示したのは、子供服を専門にしたブティックだ。

ただ、そこに陳列された品々は「子供服」と表現するには、ちょっと変わったラインナップだった。

いかにも子供っぽい、カラフルだったりキャラクターがプリントされたようなデザインのものはまったく見あたらず、サイズさえ違えば、大人が着ても恥ずかしくないような、ちょっとませた感じのものばかりが並んでいる。

見た感じ、どこかのブランドが、おしゃれ志向の子供をターゲットにして出している店であるらしい。

(陽向ちゃんもこういうの、興味あるんだな)

少し意外だった。

忌憚なく言わせてもらうと、陽向の格好はお世辞にも「女の子らしい」とは言いがたいものである。

今着ているのだって、白いTシャツとショートジーンズ、それにサンダルという出《い》で立ちだ。いちおうTシャツは無地ではなく青い鳥を模したマークが入ってはいるが、さすがにその程度の意匠をおしゃれと評するのは無理がある。

ただそれはそれで、いかにも元気なスポーツ少女っぽい格好でもあるし、啓太としては、そんな服装が陽向には似合っていると思っている。

見た感じ、陽向もそんな自分のファッションに特に不満を持っている様子はないように思っていたのだが……いわゆる女の子っぽい格好にも興味というか、憧れめいたものは持っていたということなのだろう。

「陽向ちゃん」

「え。あ……」

声をかけると、きょとんとした顔を向ける。どうやらよほど熱心に店の様子を見つめていたらしい。

「ここの服、買いたい？」

いつも元気に我を通してくる陽向には珍しく、少し気後れしたような表情だ。少し挙動不審にちらちらと自分の服を見ているところを見るに、どうやら「こんな格好の自分がこの店に入るなんて」と及び腰になっているらしい。

「あ……えっと」

（……ふむ）

この調子だと「やっぱりいいや！」などと言って、無理に笑って、陽向は変に遠慮して店から遠ざかろうとするだろう。

なんとなく、それはもったいないように思えた。

なんでも思いどおりにさせるのも問題だろうが、陽向は健康上の問題で親もとから離れ、なにかと不自由な田舎での生活を強いられている。

本人がそれに不満を抱いていないのは幸いだが、もう少し彼女になにかしてやれることはないかと常々考えていた。

おしゃれがしたいなら、そのくらいのことはさせてやりたい。

「買いたいものがあるんだろ。いいよ。もちろん、予算には限りがあるけど」

そう言いながら、陽向の手をつかんで店内へと入っていく。

「ちょ、ちょっと、啓太兄ちゃん……っ」

「あら、いらっしゃいませ。どういったものをお探しですか？」

陽向が非難めいた声をあげかけたところで、穏やかな物腰の女性店員が声をかけてきた。

おしゃれな品ぞろえにふさわしい、上品で人当たりのよさそうな雰囲気の店員だ。

「特に決まってはいないんですが……この子にちょっとプレゼントしたくて。予算はこのくらいで頼みたいんですけど」

「まあ、そうなんですね」

啓太の言葉ににこやかに応じたあと、では話は陽向としたほうがいいだろうと判断したらしく、店員は中腰になって、陽向と目線の高さを合わせた。

「どんなのがいいの？」

いよいよ逃げ場をなくし、陽向は気圧《けお》されたかのような表情で一瞬黙りこんだが、やがて観念したのか、彼女はおずおずとあらためて啓太に視線を向けた。

「……いいの？」

「いいってば。俺が買ってやりたいの」

苦笑しながら、優しい声で念を押してやる。

「じゃあ、じゃあ、えっと……どうしよっかな、どうしよっかな」

まだ少し気後れしているようだが、それでも前向きになってくれた。

うんうんと悩んで、頭をひねって……それでもよい案が浮かばなかったのか、おずおずと店員に寄っていって、なにやら啓太には聞こえないような小声でぼそぼそと相談しはじめた。

開きなおったら開きなおったで、こうして初対面の人にでも進んでコミュニケーションを取りに行けるあたりが、陽向のたくましさである。

とはいえいったい、なにを話しているのか。

女の子のことなので、聞かれたくないこともあるだろうし、聞き耳を立てるのもいやらしい気がして、啓太としてはその場で立ちつくして待つしかない。

ましてや、内緒話をしている合間にも、ふたりそろってチラチラと啓太のほうに視線を向けてきたりもして……なおさら気になってしまう。

そうして、およそ二、三分ほど相談をしていただろうか。

やがて陽向と店員は、意気投合したようにそろってうなずいて、そして妙に含みのある笑顔を向けてきた。

「啓太兄ちゃん、ごめんだけど、ちょっとお店の外で待っといてくれる？」

「いいけど……え、そんな内緒にされることか？」

「女の子のことですので。私にお任せください」

妙に有無を言わせない圧力を感じさせる声で、店員までそんなことを言う。

正直、こういうブティックでお約束のファッションショーをしてくれるのかと少し期待していたのだが、強く要請されると、啓太としても従うほかない。

結局、啓太は「ほらほら、男子は退出」とおどけて言う陽向に背中を押されるかたちで、店の外まで追い出されてしまった。

「……ま、いいか」

いきなり暇を出されてしまって、途方に暮れてしまった。

しばらく別の店でものぞいてみようかと考えたが、どれほど待たされるかもわからないので、おとなしく店のすぐ前で待機するしかない。

ちょうどそばにベンチがあったのでそこに腰かけ、啓太はそこでスマートフォンで漫画を読んで時間をつぶすことにした。

遠いので詳しくは聞こえないが、もう完全に意気投合したのか、店員と陽向が、きゃいきゃいと賑やかにおしゃべりしている声が聞こえる。

「……賑やかだなぁ」

いったいなにをそんなに盛りあがっているのやら。

気にはなったが、選《え》りすぐった結果をあとで見せてくれるのを楽しみにすることにして、啓太はスマホに視線を落とした。

「…………」

そうして漫画を読みすすめて……どれくらいの時間が経っただろうか。

ちょうど一巻分を読み終えたタイミングで、陽向の啓太を呼ぶ声が聞こえた。

「啓太兄ちゃーん！」

どうやら服を選び終えたらしい。

だが、てっきり最終的に選んだ服を試着してみせてくれるのだと思っていたが、どうやらそういうことすらもしてくれないようだ。

そのかわり、服装は屋敷から着てきたときのままだが、元気よく啓太を呼びながらぶんぶんと振るその手には、小さな紙袋を持っている。

どうやらそこに、選んだ品が入っているらしい。

(……なにを選んだんだろ。紙袋、えらく小さいけど)

ぱっと見た目は大学ノートよりもまだ小さいくらいで、季節は夏とはいえ、服を入れるには少々無理があるサイズだ。

「服じゃなくって、アクセサリーとかを選んだの？」

「えっへへ。ひみつ」

よほどとっておきにしたいのか、まだ啓太にお披露目をしてはくれないらしい。

「……まあ、いっか。ほかには欲しいのない？」

「うん。大丈夫！」

となれば、さっそくお会計だ。

レジで精算をすませ、無事購入し……にこやかにしつつもなにやら意味ありげな視線を向けてくる店員の様子が少し気になったが、礼を言って啓太と陽向はブティックをあとにした。

「えっへへ。啓太兄ちゃんに買ってもらっちゃった」

払った値段自体は予算からすればかなり抑えめというか、一万円以内におさまるような、本当にたいした額ではないのだが、まるで誕生日プレゼントをサプライズでもらったときのような喜びようである。

「あとで見せてよ」

「わかってる、わかってる。あ、そだそだ。ねえ、映画見ようよ、映画！」

相変わらず陽向はせわしない。

楽しそうに手を引く従妹に連れられ、啓太は苦笑しながら次へと向かった。

3

帰りのバスの時間までまだ余裕があるし、陽向のリクエストどおり、ふたりは映画を見ることにした。

前述のとおり、このショッピングモールには4スクリーンを備えた映画館が入っている。シネマコンプレックスと言うには少々物足りないが、地方都市としてはかなり大きめの規模で、そのためだろうか、陽向が言うには、映画を見るのを主目的としてこのモールに来る人もかなり多いのだそうだ。

実際、映画館のロビーはそうとうな混みようだ。

席の埋まり状況を見てみると、かろうじてどのスクリーンも空席があるようだが、もう少し着くのが遅かったら、見れないものもあったかもしれない。

「どれ見る?」

「んーとね……あ、これ、これがいい!」

陽向が選んだのは、最近テレビでもよく宣伝をしている、ファンタジーもののアクション映画だった。

二週間ほど前に封切りしたばかりの新作だが、各方面の評判もなかなかよく、聞いた話ではここ数年間の新作映画ではトップレベルに初週の興行収入もいいらしい。ただ、主人公がかなり重い悩みを抱えたりして、ドラマの根幹はけっこう大人向けの雰囲気が漂っている作品でもあり、正直なところ、小学生の女の子が選ぶのは少々違和感がある。

「こっちはいいの」

啓太が示したのは、ここのところはやりのアニメ映画である。

こっちも評判はよく、よりエンタメに特化していて、大人も子供も楽しめるとよく宣伝されている作品だ。

陽向はアニメも好んで見るし、てっきりこちらを選ぶかと思っていた。

「あ、えっとね。そっちは前におばあちゃんとここに来たとき、見ちゃったの」

「なるほどな」

あまりこのショッピングモールには来ないという話をしていたが、それでもときどきは来ているということか。

「啓太兄ちゃんは、これでいい？」

「いいよ、もちろん」

じつは啓太は、この作品を本家に来る前にすでに見ているのだが……ここで「俺はもう見たから」と言うのも無粋だろう。

「ポップコーンはどうしようか。欲しい？」

「んーん。前に食べたけど、あんまりだったし。それにお腹すいてないや」

「そっか。いっしょに食べようと思ってたんだけど……じゃあ、どうしようかな。俺はホットドッグ、買おうかな」

「さっきお昼食べたばっかりなのに。啓太兄ちゃんってけっこう食いしん坊？」

「パスタとか麺類《めんるい》って消化がいいからすぐに腹が減っちゃうんだよな。少しがっつりしたものが食べたくてさ。それに映画館のホットドッグってけっこういけるんだよ」

「そうなんだ……ひと口だけもらっていい？」

「お腹すいてないんじゃなかったの？」

「味見だけ。どんなのかは知りたいし」

そんな雑談をしながらチケットを確保し、飲み物と軽食も買って、あとは放映時間を待つばかりだ。

それも待ち時間はたいしてなく、念のためにとかわりばんこでトイレに行っていると、すぐにスクリーンへと案内された。

劇場はそこそこに混んでいるが、うしろ側の真ん中あたりの席を確保できたのは運がよかった。左右の席にほかの客がいないのも狭苦しくなくていい。

「ねえねえ、啓太兄ちゃん、ホットドッグ、先に食べさせてっ」

「ほいほい」

「じゃあ、いただきまーす……あ、ホントだ。おいしっ」

「だろ」

最近同じ系列の映画館によく足を運ぶのだが、このホットドッグはその友人に勧められて以来のお気に入りの味なのだ。特製のチリソースが、辛すぎない程度にパンチを利かせており、刻みタマネギのほどよい甘みやさわやかな歯ごたえともよくマッチしていて、なかなかおいしいのである。

「挟まってるソーセージもおいしいし。あーん、前にポップコーンじゃなくて、こっち頼めばよかったぁ」

そう言いつつも、二、三口食べただけでホットドッグを返してくれた。いつもならもう少しがっついて食べつづけるところだが、本当にお腹がすいていないらしい。

(ていうか、間接キス……気にならないんだな)

少し遅れてふとそんなことに思い至った。

陽向くらいの年ごろの少女なら、そういったことを気にしそうなものだ。オナニーにふけったりして色気づいているならばなおさらである。

（俺の考えすぎなのかなぁ……）

そうこうしているうちに啓太も早々にホッドドッグを食べ終えてしまい、ちょうどいいタイミングで劇場の明かりが落とされ、お約束の注意喚起とほかの映画の予告編の放映がはじまった。

予告編の時間は、人によってはうっとうしいと感じるらしいが、啓太としてはじつは、この時間が嫌いではない。

こういったことをする劇場でばかり映画を見ているせいか、たいして興味がないような映画の予告が流されていても「いよいよ映画がはじまるのだ」という高揚感を覚えるところがある。

「…………」

少し気になって横を見てみると、どうやら陽向も同様らしい。

よほど興奮しているのか、座席からやや前かがみになって、目を輝かせつつ予告を食い入るように見つめている。

（こうしてみると……本当にまだまだ子供って感じなんだけどな）

ここ数日、陽向のおませなところに振りまわされている身からすると、こうして無邪気に映画にわくわくしたりしている様子に、なんとなくほっとする。

やはり啓太にとっては、陽向はかわいい従妹なのだ。

（やっぱり、街に出て正解だったかも……）

大勢の人目がある町中でいれば、ふたりきりになって危うい雰囲気になることもない。食材の買い出しや、陽向を楽しませようという目的はもちろんあるが、啓太が買い物に誘ったのは、このような状況であれば変なことにはならないだろうというもくろみもあったからだ。

けれど……大人の思うように動いてくれないのも、世の子供の常なのかもしれない。

「……にひ」

視線を感づかれたのだろうか、ふいに陽向が振り向いた。

スクリーンの光に照らされる中で、ふたりの視線がからみ合う。

「ね、啓太兄ちゃん」

そっと顔をよせて、陽向がささやく。

ついさっきまで無邪気な子供の顔をしていたのに、その視線はどこか妖しい光を帯びている。

「さっきのお店でね、なに買ったか、教えてあげよっか」

「……このタイミングで？」

店の中では頑《かたくな》に見せてくれなかったのに、なんでこんな暗い中の、しかもいよいよ映画がはじまるという、この落ちつかない状況で言ってくるのか。

啓太の困惑顔を見て、陽向がおかしそうにくすりと笑って、そして彼女はさらにそっと顔を近づけてくる。

頬どうしが触れ合い、互いの吐息が耳をくすぐり合うような距離で、彼女はどこか甘ったるい声でささやいた。

「下着、買ったの。けっこうエッチなやつ」

「………………」

顔が離れる。

どういう反応すればいいかわからず呆然とする啓太の顔を見て、陽向は愉快そうに小さく身体を揺らした。そんな啓太の反応がよほど見たかったのだろう。

おもちゃにされているのがまるわかりでなんとなく気に入らないが……それより気になることがある。

「さっきのブティック……子供服専用の店だったよな。なんでそんなの置いてんだ」

「大人っぽくしたい女の子って、けっこういるんだって。誰かに見せるためとかじゃなくって、そういうおしゃれなの」

……まあ、理屈はわかる。

男である啓太だって、たしかに陽向と同年代のころ……たしか中学一年生とか二年生だったたと思うが、なんとなくブリーフがダサいように思えて、トランクスをはきはじめたりしていた。

あまり自分の服装には頓着しないほうの啓太ですらそうなのだから、おしゃれにより敏感な女の子なら、なおさらそんなところがあっても不思議ではない。

たしか以前つき合っていた同級生も「気合を入れたいときには下着とかも気合入ったのつけるものだよ、見せてあげないけど」とかなんとか、そんなことを言っていた記憶がある。

「……見せてあげよっか？」

いたずらっぽく笑いながら、白いTシャツを少したくしあげて見せてきた。

白いお腹がまる出しになり、胸もとを覆う下着がほんの少しだけ顔をのぞかせる。

「………………」

思わず、ため息が漏れそうになった。

今の陽向は、自分のおしゃれのためにやっているわけではない。

明らかに、啓太に見せて誘惑し、エッチな雰囲気になるためにやっている。

「見たい映画だったんでしょ、これ。集中しなって」

「はぁい」

冗談半分の提案だったらしく、陽向はあっさりとTシャツを戻し、舌をペロリと出してスクリーンに視線を戻した。

（まったく、もう……）

色気づくのも大概にしてほしいと思う。

まわりの席はある程度空いてるとはいえ、人気映画なのでけっこうな割合で席も埋まっている。もし啓太が誘惑に乗ったら、こんな中で陽向はいったい、なにをするつもりだったのだろう。

（一回、ちゃんと注意すべきなのかな……）

あまり説教をするのは好きではないが、ものには限度がある。

ここ数日のあれこれのせいで、陽向はどうも悪い方向に味を占めてしまっている気がする。さすがにそれをそのまま放っておくのも気が引ける。

そんなことを考えているうちにやがて予告がすべて終わり、映画本編がはじまった。

どうにも気持ちが落ちつかないかたちでの鑑賞だが、映画そのものは、二度目でも素晴らしくおもしろい。

ハリウッドらしくド派手なアクションシーン満載のファンタジー映画だが、この映画の特徴はなにより主人公の立ち位置だろう。

人里離れて住む薬師の女の子が主人公で、数年前に行方不明になった妹がもしかしたら生きているかもしれないと知らされ、外の世界を旅していくという筋立なのだが、なんとこの主人公自身は、直接はいっさい戦わないのだ。

自分の事情に巻きこまれるかたちで戦い、傷つく仲間を手当し、彼らの姿を見て心を痛め、悩み、そんな中で精神的に成長していく姿がこの作品のメインのドラマで、健気でまっすぐな主人公の生き様は感情移入しやすく、応援したくなる。ここ数年見た映画の中では、トップレベルのお気に入りと言っていい。

しかし、せっかくのその傑作映画に、啓太は十分に集中することができない。

「ん……ふ、ん……」

序盤の派手めのアクションシーンが一段落し、仲間たちとの交流や主人公が落ちこんだりするシーンになったあたりで、となりから密やかな甘い息づかいが漏れ聞こえてきたのだ。

(おいおいおい……なにやってるんだ、陽向ちゃん!?)

もうこの期に及んで聞きまちがえるわけがない。

陽向は、よりによってこんな場所で、オナニーをはじめたのだ。

たしかに派手なシーンも一段落して、今は子供にとっては少々退屈に感じるような場面ではあるが……それにしてもオナニーはさすがにない。

あるいは、さっき誘惑したことで、陽向自身にスイッチが入ってしまったのか。

(どうする……)

さすがにこの状況下では、陽向をたしなめることができない。

しばらく懊悩したすえ……結局啓太は、顔を見ることもできず、ただ仏頂面を決めこんで、スクリーンに集中するふりをすることしかできない。

「ん……はぁ、はぁ……」

陽向は、オナニーをいっこうにやめようとしない。

こっちの気持ちも知らずに勝手なことを、と温厚な啓太も悪態をつきたくなる。

しかもなにを思ったか、陽向はアームレストに置いていた啓太の腕にそっと自分の腕を触れ合わせ、すりすりとゆるくこすりつけるような動きをしはじめた。

まるで発情して、啓太のぬくもりをつい求めてしまったかのように。

「……陽向ちゃん、どうした？」

「あ、ううん、なんでもない。ごめんね」

まさか声をかけてくるとは考えていなかったらしく、陽向は慌ててごまかしながら触れ合っていた腕をひっこめてくれた。

だが、残念ながら秘めごとそのものをやめる気にはなってくれなかったらしい。

「ん、ん……ふぁ、ん……」

相変わらず、密やかな喘ぎ声が聞こえる。ごそごそと、身じろぎの気配がする。

そればかりか、わずかに粘っこい、にちゅにちゅという水音まで聞こえる。

おそらく手を自分の股ぐらに突っこんで、いじくりまわしているのだろう。

（まわりの席にあんまり人がいなくてよかったよ、本当……）

「ふぅ……んん……」

幸いなのは……静的なシーンが終わり、激しいアクションシーンに入ると、陽向も映画にふたたび集中してくれたようで、オナニーの気配はしなくなったことだった。

（まわりにバレてないよな……？）

それでも啓太はそのことが心配でならなくて、結局最後まで映画に集中することができなかった。

4

映画が終わると、そろそろもういい時間になっていたので、少し急ぎ足でそもそもの目的である食材の確保をして、啓太と陽向は帰りのバスに飛び乗った。

なんだかんだで最後はけっこうドタバタしてしまったが、バスに乗ってしまえばあとはのんびりできる。

食材選びで手間取っていたら、下手をしたらバスに間に合っていなかったかもしれないが、陽向もよく台所に立っているということで、ふだんの冷蔵庫になにが入っているかをきちんと把握してくれていたおかげで助かった。

「……もうそろそろ夕焼けだなぁ」

「だねえ、あっという間だね」

太陽はすでにずいぶんと傾いて、バスの窓に射しこむ日の光は柔らかな茜色《あかねいろ》になっている。今日一日のほとんどはショッピングモールにいたし、行きのバスはテンションが上がってずっとおしゃべりをしていたので、じっくり太陽を見るのは、じつは今日はこれがはじめてだ。

バスはあっという間に市街地を抜け、窓の外はすでに田舎の風景になっている。

ほかの乗客は早々に降車し、客は啓太と陽向のふたりきりになっていた。

「ああ、でも楽しかったぁ」

どうやら陽向は、オナニーしていたことを啓太に気づかれているとはまったく考えていないらしい。

いつもとまるで変わらない笑顔を向けるので、啓太は苦笑するしかない。

(これからは、こうしていくしかないんだろうな……)

都合の悪いことや、啓太が踏み入るべきでない側面を見せてきたときには、気づかないふりをして、それまでどおりの仲のよい従兄妹《いとこ》としてふるまうこと。

今までごく自然体で触れ合えていたのに、今後は陽向と触れ合うとき、そうやってひとつ、フィルターを設けていかねばならないのだろう。

今回の一連の出来事で、啓太はその事実を痛烈に実感させられた。

そういった変化自体は、年齢を重ねていくうえでどうしようもないところではあるのだろうが……やはりどうしても、寂しい気分にはなってしまう。

もう子供のときの、純粋で無邪気なだけの関係ではいられないのだ。

「なんか、不思議な感じだね」

バスに揺られながら、なぜか、どこかさびしげに陽向がぼそりとつぶやく。

夕日に照らされた山々は美しいが、独特のわびしさがある。

そんな風景を眺めているせいもあるのだろうか、昼間が慌ただしかったぶん、祭りが終わったあとのような気持ちになってしまっているのだろう。

「……そういや、下の里で今晩、祭りがあるって言ってたよな。花火も打ちあげるらしいし、夕飯食べたら行ってみないか？」

「え、いいの⁉」

下の里は、啓太達の本家がある七霞の里から、少し下ったところにある集落だ。

陽向の足ならば、だいたい三十分くらいかかるだろうか。昼間ならまだしも、夜中に出歩くのは少々おっかない距離であるが……啓太が同伴していれば問題あるまい。

「じゃあ、えっと、どうしよ。浴衣、着たいな、浴衣！」

「いいけど……俺、着つけのしかたとか知らないぞ」

「大丈夫、あたしひとりで着れるもん！」

あるいは、行きたかったけれどいろいろ遠慮をしてあきらめていたのかもしれない。

まるで行きのバスのときのようにテンションを上げて、陽向は「兄ちゃん大好き」と勢いよく啓太に抱きついてきた。

「あ、こら、危ない！」

「えへへ」

たしなめてもどこ吹く風で、陽向はぐりぐりと頭を押しつけて甘えてくる。

……ふと、どこか甘いにおいがした。

決してきついものではなく、ほんのり花の蜜のような爽やかな香りだが、今まで陽向からはかいだことがないたぐいのものだ。

おしゃれをするより外で遊ぶことのほうがずっと好きな陽向の体臭は、太陽に照らされた爽やかな汗のにおいを漂わせているのが基本である。

「これ、香水つけてる？」

「あ、そうなの。あのお店でつけてくれたんだぁ」

「子供用の香水とかあるんだな。はじめて知った」

「すごいよね。いいにおいでしょ。桜の香りなんだって」

そう言って、陽向は得意げに笑う。

なるほど今の陽向から漂う香りは、言われてみればなんとなく春っぽい。

それにしても……下着といい、香水といい、ジュニア向けのファッションも本当に侮れない。大人顔負けだ。

「すごいなぁ……世の中の小学生の女の子、俺よりよっぽどおしゃれじゃないか」

「そりゃだって、啓太兄ちゃんと違って、あたしたちは女の子だもん」

そう言って……ふと陽向はいたずらっぽく笑みを浮かべた。

「えへへ。ていうか、啓太兄ちゃん、小学生のにおいかぐとか、やらしいんだぁ。エッチ、すけべ」

「……なに、言ってんの」

「えっへへ」

呆《あき》れた声でツッコミを入れるが、陽向はいっこうにかまわないようで、さらにぎゅっと啓太に抱きついてきた。

まるでネコのように喉を鳴らしながら、さらに啓太の胸に頬ずりをする。

なにやら今日の陽向は、ひどく甘えたがりだ。

(というか……そっか、ばあちゃんが入院して三日だしな)

当初の予定から考えれば、そろそろ祖母も回復して、退院できるはずである。

そのこと自体は喜ばしいことではあるが、それは同時に、陽向とのふたり暮らしが終わることも意味している。それを考えて、陽向はちょっとセンチメンタルな気分になっているのかもしれない。

「……ね、啓太兄ちゃん」

そうしてしばらく、気のすむまで啓太の胸に甘えたあと……なぜだかどこか神妙そうな表情で、陽向は小さく、少し恥ずかしげにささやいた。

「エッチなこと、したくなっちゃった」

「………」

唐突なそのおねだりにも、もはや啓太は驚かない。

いっしょの布団で寝ているのにオナニーをしたり、川辺でエッチなことを要求したり、さんざんとんでもないことをされてきたので、もう啓太もなれっこだ。

だからいつもと同じく「なに言ってるんだ、ばか」とたしなめるのが正解なのだが、なぜだか啓太は、今回に限っては、そうすることができなかった。啓太を見あげる彼女の瞳が、どこかせつなそうに潤んでいたからだ。

今までの、啓太をおもちゃにしたくてたまらなくなっているときの、いたずらっぽい視線とはまったく違う。まるで恋する乙女のような、慕った相手をなんとかして引き留めようとするひたむきさが、その視線の奥に宿っているように感じられた。

「……やめなよ。バスの中だぞ。せめて家に着くまで我慢しなよ」

だからとっさに口に出た拒絶の言葉も、なんだか変なものになってしまった。

家に着くまで我慢しろとか、どうかしている。

そもそも相手は小学生だ。そして、啓太は大学生だ。

場所に限らずそんなふたりがエッチなことをすることそのものがおかしい。

「やだ。やぁだ。我慢できないもんっ」

しかし陽向は、結局いつものように啓太の言うことを聞いてはくれず、勝手にことにおよびはじめてしまうのである。

「えいっ」

かけ声ひとつ、陽向は啓太に膝枕をしてもらうような姿勢でシートの陰に隠れ、彼の股ぐらにしがみついてくる。

見た目は膝枕をねだるような動きだが……もしそれだけだったらどんなにかわいげがあっただろう。

とうぜんながら発情した陽向がそれだけですませてくれるはずもなく、啓太が大きな声で陽向を叱責しないのをよいことに、彼女は啓太のズボンのファスナーを、あっという間になれた手つきで下ろしてしまった。

「わ……あは、すっごいにおいだぁ」

「や、やめなって」

くんくんと子犬のように股間のにおいをかがれ、啓太は羞恥に身をよじる。

一日中陽向とともにショッピングモールを歩きまわったのだ。そこには独特の、汗とアンモニアの濃縮したようなにおいが充満しているに違いない。

前回と違って、今の啓太の股間は萎えきっているが……今となってはそんな状態の性器を観察されるのも、拒否感がかなり強い。これまでは気にしたこともなかったが、性的関係を持ったあととなっては、やはりどうしてもいろいろと意識をしてしまう。

「ん……なんか、くさいけど、くさいけど……なんか、好きかも、このにおい」

けれど陽向は、いやがる様子などまったくなく、むしろ即効性のある媚薬《びやく》を盛られたかのようにうっとりと瞳を潤ませ、しきりににおいをかいで堪能している。

まるで頬ずりをしそうなほど、股間のものを愛《いと》おしげに見つめられつづけて、啓太は羞恥で死にたくなった。

「ん……はむっ」

「な……お、おいっ!?」

発情した陽向の暴走は、とどまることを知らない。

なんと陽向は、あろうことか啓太の萎えた股間のものを、ぱくりと口にくわえてしまったのである。

「お、おまっ、なにしてるんだよ!?」

「ん……前に、啓太兄ちゃん、精液がぴゅってしてるとこ、見せてくれたでしょ」

言うまでもなく川辺でのあの、スク水越し素股のことを言っているのだろう。

「あのときね、生まれてはじめて男の人の精液を見たんだけどね……なんか、おいしそうだなって思ったの。だから一回、どんな味がするか食べてみたいなって」

意味がわからない。

いや、もちろん陽向がなにを言っているかはわかる。

けれど、彼女がなにを考えているかはまったく理解できない。

「ひ、陽向ちゃん、精液がどんなものかわかってる!?」

「とうぜん。赤ちゃんのもとなんでしょ」

そうだけど、そうではない。

機能としてはたしかにそうだが、そもそもそれ以前の問題として、精液は男性器の尿道口から吐き出されるものなのだ。

つまり衛生的にはおしっことたいして変わらないはずなのに、なんでそんなものを口に含んで味わいたいという発想になるのか。

「や、やめなさい。汚いでしょ。くさいでしょ」

「やめなーい。啓太兄ちゃんのだから汚くないもん。それににおいも、あたしこのにおい、すっごい好きだよ。なんか、くさいんだけど、すっごくエッチな気分になる」

制止の言葉はあっさり無視され、陽向はいよいよ本格的にフェラチオを開始した。

「ん……ん、ちゅ、れろ、ん……」

「くぅ……」

甘い熱にまだ柔らかいままの肉棒が包まれ、啓太はたまらずうめき声を漏らす。

舌遣いそのものは、おそらく稚拙きわまりないだろう。強引にことをはじめたとはいっても、しょせんは小学生である。フェラチオのコツなど知るはずもない。

けれど……それでも陽向によってもたらされるその感覚は、強烈のひと言だった。

なにせ啓太は女の子にフェラされるのが、これが生まれてはじめてなのだから。

(な、舐められるって、こんななのか……!?)

膣と負けず劣らずの湿ったあたたかさに男性器が包まれつつ……膣のような締めつけはないものの、そのかわりに舌が複雑に動いて、性器の表面を舐めまわしている。

幼い口内で分泌される唾液で見る間に啓太のものはどろどろに汚されていき……それがなんだか濡れた膣に挿入したときの感覚を思い出して、啓太は否応なしに官能を刺激された。

「ん……あは。わ、すごい。おっきくなったぁ」

「うぐ……」

そうなればもう、耐えることなどできるはずがない。

結局啓太は、満足な抵抗もできないまま、性器を勃起させてしまった。

「ふわぁ……すごいね、おち×ちんって。こんなふうに大きくなるんだね」

「う、うるさいよ」

「それに……んんっ、エッチなにおいも、どんどん濃くなってる」

「う、うるさいったら！」

最悪だ。

萎えた性器をフェラされて、そのまま口の中で勃起していく様子を堪能されるなんて……しかも勃起に合わせて濃くなってくる発情臭までかがれるなんて、こんな変態的なプレイ、昔の彼女にすらされたことはない。

しかも、相手は小学生なのである。従妹なのである。

「ん、ちゅ、れる、れろ、んん……」

気分の乗った陽向は、まったく容赦をしてくれない。むしろ彼女はますます勢いづいて、啓太のものを思いつくまま、やりたい放題におもちゃにするのだ。

「ん、はむ、れろ、れろ、ちゅ、ちゅっ」

まず陽向はいったん口を離し、舌を伸ばしてれろれろと舐めまわしはじめた。

どうやらそうすることで、敏感な舌先の触覚を使って、啓太の勃起の形をしっかりと確かめようとしているらしい。必要以上に丁寧な舌遣いで、亀頭の先という性器の中でも特に不浄の場所を、しかし構うことなく、熱心に、愛おしげに、アイスを舐めるような舌遣いで味わいつくそうとしている。

裏側のスジが張った場所。表面に浮いた血管のひとすじひとすじ。

カリの盛りあがりや、その裏側の溝の造形、先端の鈴口の穴の空きぐあいまで。

未知の感覚だ。受け入れがたい感覚だ。

自分の勃起の表面を、生ぬるくぬめった生き物が這《は》いずりまわるような感触とでも表現すればよいだろうか。

普通に考えておぞましいはずなのに、可憐《かれん》な少女の口で愛《め》でられている絵面のせいで脳が麻痺《まひ》して、そのすべてが快感に変換されてしまう。

「ん……れろ、こう、かなぁ……ん、ちゅ」

しかもとことんひどいことに、そうやって与えられる快感は、決して啓太の興奮のツボを押さえたものではなかった。

その舌遣いが、テクニックを論ずるのもばからしくなるくらい稚拙なのに加え、どうやらそもそも陽向は、啓太を本格的に気持ちよくさせる気があまりないらしい。

精液を味わいたいと言っていたくせに、いざはじめると啓太の勃起の造形がよほどお気に召したらしく、啓太の勃起の舌触りやにおいに耽溺《たんでき》しているようだ。

舌先でちょいちょいと鈴口をくすぐってきたり、亀頭をゆっくり舐めてきたり、あるいは裏スジの部分をゆっくり舐めあげたり……個々の動きは立派なものだが、陽向はそうして、たんに啓太のペニスをおもちゃにしているだけなのだ。

先日の川辺での手コキとまったく同じパターンである。

「んちゅ、あはは。かわいい。舌でちょんちょんすると、ピクッて動いてる」

「や、やめなって、こら……っ」

しかも……ここに来て、さらに最悪な事態が発生した。

ポケットに入れていた啓太のスマホのバイブが震えはじめたのだ。

どうやら、誰かから電話が来たらしい。

慌てて画面を確認すると、しかも相手は、よりによって入院中の祖母だった。

「こら。待って、電話来たから。ばあちゃんから！」

「んん……れろ、れろ」

強めに言っても、よほど熱中しているのか、陽向は体を離してくれない。

それどころか、むしろ挑発するように舌先の動きを激しくしてくる始末である。

がっちりしがみつかれて、これでは引っぺがすのも不可能だ。

(ええい、くそ……っ)

しょうがない。相手が相手だから出ないわけにもいかない。

ぞわぞわと意識を浸食する微快感を必死に振り払いながら、啓太はスマホのフックボタンを押した。

――啓太かい。どうしたの、電話出るの遅かったけど。

「い、いやじつは、バスに乗ってて」

――ああ、それはすまなかったねえ。

腰を痛めただけなのでとうぜんだが、電話向こうの祖母の声はいたって元気そうだ。

その祖母の様子にほっとしつつ……しかし啓太は、心穏やかではいられない。

「えっへへ、ん、はむっ」

(な、なにやってんだ、陽向ちゃん!?)

今こそがいたずらする絶好のタイミングだと判断したらしい陽向が、なんとこの状況で舐めるのをやめ、ふたたび啓太のペニスを口にくわえてきたのである。

今、自分以外に意識を向けるなんて許せない、とでも言うように。

「う……」

快感の質が上がる。

舌遣いこそ稚拙なままだが、それでもねっとりとした甘い熱に勃起全体が包まれる感覚に、啓太はのけぞらざるをえなかった。

──ん、なにか調子でも悪くしてるのかい。なんだか声が変だけど。

「あ、大丈夫、大丈夫……ちょっとバスに酔っちゃって」

なんとか返事をするが、もうぜんぜん会話が頭に入ってこない。

「ふっふっふ、ん、れろ、ん、ちゅ、ちゅっ」

ここぞとばかりに陽向は、啓太に快楽を与える方向に舵《かじ》を切ってきた。

集中的に舌を亀頭に這わせ、あるいはちゅうちゅうと鈴口とキスをして先走りを吸いあげて、啓太の射精衝動を的確に刺激してくる。

(う、うわ、なんだ、いきなりうまく……!?)

空恐ろしいことに陽向は、この短い時間で啓太の反応からどう刺激されるのが男にとっていちばんたまらないかをちゃっかり学んでしまったらしい。

無理やり押しつけられる快感に、寒気すら感じてしまう。

——若いのに軟弱だねえ。しっかりおし……おっと、バスに乗ってるのに長電話しちゃいけないね。お医者さんからね、今言われてね、明日ようやく帰れるってさ。

「あ、そうなんだ。よかった」

——ああ、啓太にも世話かけちまったねぇ。じゃあ、あとは明日にでもゆっくり話そうか。またねえ。

「ああ、また」

幸い空気を読んでか、祖母は早々に電話を切りあげてくれた。

だが、許せないのは陽向のほうである。

なにせ啓太が電話をしている最中、ずっとフェラチオをつづけていたのだ。

「えっへへへ。興奮した？」

「く……このやろっ」

いい加減、啓太の中で堪忍袋の緒が切れた。

もう、我慢ならない。勘弁してやらない。

反撃とばかりに啓太は陽向のショートパンツに手をかけ、強引に彼女の腰から引きずり下ろした。

「あ、やんっ」

かなり乱暴な手つきのはずなのに、陽向の悲鳴は、どこかうれしそうだ。むしろ、それこそ待ちに待った反応だと言わんばかりである。

「やん、乱暴される。すけべ」

おどけてそう言いながら、陽向はわざわざ腰をくねらせ、露になった下着を見せびらかす。

その細い股間に身につけられたショーツは……正直なところ、あまりふだんの陽向には似合わない意匠のものだった。

色合いは薄いピンクで、控えめながらも上品にレースが施され、所々が肌が透けて見えている。子供らしいかわいいらしさはあまりなく、大人がつけてもなんら問題ないようなデザインだ。

映画館での宣言どおり、これが例のブティックで買ったものなのだろう。

「えっへへ。エッチでしょぉ」

「大人を舐めやがって……こうしてやるっ」

これだけ挑発されて、焦らされて、やられっぱなしなんて勘弁ならない。

その余裕に満ちた笑顔と挑発じみた台詞がますます癪《しゃく》にさわって、啓太はいらだちまじりに陽向のその股ぐらに手を突っこんだ。

「ん、んぁっ」

上品な作りの下着に手を潜らせると、女の子としていちばん秘すべき神聖な場所に、あっさりと指先が到達する。

指先に触れる感触に、啓太は内心驚嘆した。

（うわ……なんだ、これ。めちゃくちゃ濡れてる……）

その場所に添えただけで、熱い粘液が指先にねっとりとまつわりついてくる。

女の子のその場所に触れるのはこれがはじめてではないが、ここまでぬらぬらに愛液にまみれたのは啓太も経験がない。

しかも……それだけではない。

濡れっぷりだけではなく、指の腹に触れる膣口のぐあいもすさまじいものだった。

今までなんの愛撫もその場所には加えられてはいないのに、啓太の指に吸いつき、ちゅうしゅうと舐めしゃぶるようにスジがひくついているのだ。

まるで、絶頂する寸前のように。

（小学生のくせに……）

今さら、だがあらためて陽向の淫乱ぶりを目の当たりにした気がして、ただただ末恐ろしい気持ちになる。

「あ、あぁ、なんか、やばいかもぉ……んんっ、触られただけで気持ちいい……」

愕然《がくぜん》とする啓太の目の前で、陽向はうっとりと目を細める。

瞳は潤み、口からはだらしなく笑みがこぼれるその表情は、明らかに快楽に酔う牝《めす》の顔だ。

(くそ、負けてられるか!)

いちいちそんな陽向の反応に圧倒されてしまうのが悔しくて、ただ負けん気に突き動かされて、啓太は従妹の小学生の股ぐらを本格的にいじくりはじめた。

膣口のいちばん端にあるクリトリスに指を添え、少し押して指先にコリコリした感触が当たるあたりを、左右にくにくにと指で弄ぶ。

元カノとの行為でいちばん評判のよかった愛撫の方法である。

「あ、あ、んんっ、あ、うあ、あっ、あっ!」

とたん、陽向は今までとまったく違う声をあげた。

これまで何度も聞いたオナニーの声とも質の異なる快楽に溺れながら、どこか余裕のないせっぱつまった鳴き声だ。

バスの中にいることをまた意識できているのか、なんとか声を抑えようとしてくれているようだが、走行音がなければ運転席まで余裕で届きそうな音量である。

「あう、あっ、こんなしらないっ、気持ちいっ、ひ、ひとりでするよりっ、いいっ」

喘ぎながらとまどうような台詞を吐く陽向に、なんだか啓太は清々しい気持ちになった。

ここ数日、啓太は陽向にひたすら振りまわされっぱなしだった。これでようやく、今まで好きなようにおもちゃにされてきた仕返しができたような気がする。

「んぁ、だめ、らめっ、あう、啓太兄ちゃん、なんでそんな、上手なのぉっ？」

「ふん、あんまり大人を舐めないほうがいいぞ」

「うう、ま、負けないしっ」

このうえなく幸せそうに悶《もだ》えつつ、陽向は啓太の挑発に乗せられて、ふたたびフェラチオに集中しはじめた。

「ん、んんっ、れろ、れる、ちゅ、じゅる、んんんっ」

「う……ぐっ」

唇をすぼめ、肉竿を締めつけ、頭を前後させて抽挿させるその動きは、ペニスをおもちゃにするものではない。明らかに啓太を快楽で追いつめようとしている。

負けてはいられない。

ここで、こんな状況でイカされたら、一生陽向に舐められそうだ。

「ん、あう、う、んんん、れる、ん、あ、あっ、あっ」

しかし、戦況はまったく猶予がない。

陽向もいい加減快楽に酔っぱらっているようだが、啓太もさんざん焦らされるような口淫を重ねられて、もうどうにかなりそうなくらい股間が熱を持ってしまっている。

「く、あ、あっ」

「んん、あう、あ、んんんっ、い、いいっ、んんんっ」

舐めまわされ、吸いあげられ、舌先で快楽の中枢をくすぐられる。

仕返しにクリトリスをこねくりまわし、圧迫し、甘い電流を幼い膣に注ぎこむ。

ぐちゅぐちゅと、愛液が指先でこねまわされる音が聞こえる。

ちゅぴちゅぴと、幼い唇がペニスを弄ぶ音が聞こえる。

「くう……」

高め合って、追いつめ合って、互いが互いに負けん気だけで、快楽で苛み合って、だからそうして、ふたりは最悪の瞬間をいっしょに迎えてしまうのだ。

「う、ぐううっ」

「んん、んんんんっ、んあぁっ！」

びゅるる、びゅるるるっ

びくん、びく、びくびく、びくんっ。

結局、同時だった。

バスの中で、公共交通機関の中で、啓太は最後まで昇りつめてしまって……同じく絶頂した小学生の従妹の口内に、精子を吐き出してしまった。

「ん、んんんっ、んん、んく、ごく、ごく、ごくっ」

(……ああ……なんてことだ)

射精を経てようやく頭の冷えた啓太は、しかし自分の腰にしがみついている陽向の様子から、目が離せなくなっていた。

飲んでいる。

彼女のフェラで絶頂して、その口内に吐き出されつづけている男の欲望の塊を、汚らしい精液を……今、陽向は無心になって嚥下《えんか》している。

「う……けぷっ」

やがてすべてを飲みほしてから、陽向は口を離した。

「えへ……飲んじゃった。苦いけど、なんか、エッチな感じの味で好きかも」

ただただ充実した笑顔でそう伝える陽向に……啓太はどんな顔を向ければいいかわからなかった。

第四章　花火の夜にエッチのおねだり

1

帰宅後……啓太はどうやら疲れてしまったようで、家に着くなり倒れるようにして和室で横になってしまった。

（ちょっと、やりすぎちゃったかな）

さすがに陽向は、少し反省する。

ここ数日、啓太が構ってくれるのがうれしくて、テンションを上げすぎてしまったのかもしれない。週に一度のペースで会いに来てくれる両親にだって、ここまで甘えたことはない。

「…………」

窓から射しこむ夕日に照らされ、ひぐらしの鳴き声が遠く聞こえる和室の中で、啓太は静かに寝息を立てている。

なんとなく、そんな従兄の寝顔をしばらくじっと見つめたあと……ふと思い立って陽向はとてとてと足早に自室に引っこんだ。

「んっ」

祖母のお下がりの姿見の前で、陽向はTシャツとショートパンツを一気に脱いで、下着姿になる。

「……うわ、びしょびしょだぁ」

彼女が今、身につけている下着は、ブティックで啓太に買ってもらったものだ。

薄いピンクという色合いは少し子供っぽいが、適度にあしらわれたレースや肌の部分が透けているところがあるのが、大人の下着っぽいというか、エッチな感じである。

それが今、陽向の愛液でどろどろになってしまっている。

啓太にフェラをし、さらに彼にいじられて、ここまでめちゃくちゃになってしまったのだ。

せっかくいいのを買ってもらったのに、ほんのちょっと後悔してしまう。

「……着がえないと。早く洗濯しないとだぁ」

ぼそりと呟《つぶや》いて、陽向はショーツを手早く脱いで、あらためて自分が汚した下着をじっくり眺めてみると、膣口が直接押しつけられるクロッチに、特にはっきりと陽向のその場所と同じ形の染みがついてしまっている。

なんとなく、変に感慨深い気分になった。

オナニーで股間を濡らすことは陽向にとっては珍しいことではないが、今回のこの愛液は、半分以上が啓太にいじられて濡らしたものである。

そういう意味ではこれは陽向にとって初体験の、特別な愛液なのだ。

(……啓太兄ちゃん、あたしと、ホントにエッチなこと、してくれたんだ……)

今でも信じられない。

なにせ、川辺での誘惑も、今日のバスでのいたずらも……どちらも陽向としては、正直なところ、かなり賭けのところがあったのだ。

そう。こんな貧相な身体なのに、こんな大人っぽくないのに、啓太は興奮してくれるだろうかと、じつは陽向は内心、ずっとずっと不安だったのだ。

だから……かなり強引な経緯があったとはいえ、啓太が自発的に触れてくれたさっきのバスでの行為は、陽向にとって本当に快挙だった。

（あたし……啓太兄ちゃんと、ホントにエッチなこと、できるんだ……）

豊住啓太。

陽向にとって、間違いなくいちばん仲のよい年上の男性。

陽向は啓太のことが、ずっと前から好きだった。

だって、そうだろう。もともと彼が住んでいた家が本家からそこまで遠くないこともあって、子供のころから彼は、頻繁に会いに来てくれた。

子供のころは、陽向はかなり身体が弱くて、まともに外で遊べたことはほとんどない。それにもかかわらず、彼は飽きもせず陽向につき合ってくれて……陽向が寝こんだときも、ずっとつきそって看病してくれた。

そんなの、好きにならないわけがない。

だから陽向は、試したのである。

自分が彼と、エッチなことをできる関係になれるかどうかを確かめたのだ。

最初の晩に自慰をしたとき、陽向は彼と自分がエッチができるかもしれないと気がついて、好奇心に背中を押されるまま、陽向は突っ走ってしまったのである。

いざやってみると、彼とするエッチなことは、本当に驚きの連続だった。

今までのどんな自慰よりも気持ちよかったのもすごかったが、それだけではない。

なにより感動したのは、エッチなことをすればするほど啓太の肌を感じ、触れ合って気持ちよくなっていると、そのたびに彼のことを好きだという気持ちが、今まで以上にどんどん大きくなってくるということだ。

こんなのたまらない。もうこれから一生、彼としかエッチなことはしたくない。

これからずっと、啓太のことを好きだという気持ちをもっともっと育てたい。

「……啓太兄ちゃん」

けれど……そんな啓太が明日には帰ってしまう。

祖母がもう回復して、明日には退院できるという話はバスの中で聞いた。

もともと祖母がいない間に陽向が寂しくないようにと、啓太は帰る予定を延期して、陽向につき合ってくれているのだ。祖母が復帰すれば、彼がずっとここにいる理由もなくなってしまう。

そんなごくとうぜんの理屈が、なぜだか今の陽向には、ひどくせつない。

啓太を見送るのだって毎度のことだ。もう何十回と、陽向は本家から帰る啓太に手を振ってお別れをしてきた。

もうなれたものだから、ふだんはなんの感情も抱かないまま笑顔で彼を帰らせていたけれど……けれど、なぜだか今回ばかりは、このままにしておきたくない。

啓太をこのまま帰してしまいたくない。

彼が帰ってしまうのは百歩譲ってよしとしても、それまでにもっと、彼とできることはしておきたい。

「……よし」

下着をがえるのは、やっぱりやめだ。

まだまだ、啓太とやることがある。もっと啓太と、したいことがある。

そのためには、今は少しでも武器が必要だ。

濡れた下着に、もういちど足を通す。

空気に触れたせいで愛液は少し冷えていて、冷たい感触が股間にべちゃりとへばりつくのは、正直ちょっと気持ち悪いが、背に腹はかえられない。

「がんばれ、陽向」

目の前の鏡の中に映る自分自身にエールを送る。

それは、彼女がたまにやるおまじないだ。

心細いとき、あるいは追いつめられたとき、昔は引っこみ思案だった陽向は、そうして無理やり自分を鼓舞してきた。

そうして……両頬をパンとたたいて気合を入れて、陽向は勝負に出るのである。

2

どん、どどんと腹に響く重い爆発音を聞いた気がして、啓太は目を覚ました。

「ん……あ、あれ……あ、やばっ」

あまり寝起きのよくない啓太だが、今回に限ってはすぐに意識がはっきりして、跳ねるように飛び起きた。

山彦を伴いながら断続的に聞こえるその音は、間違いなく花火の音である。

バスの中で陽向と話題にしていた、下の里の花火大会の音だろう。

(しまった。寝すごした……っ)

外を見やれば、すでに夜のとばりは降り、眠る前は美しくもはかなげだった夕方の景色は打って変わって、満天の星空がひろがっている。

昼間は暑かったのがうそのように涼しくなって、寝間から引っぱり出した毛布一枚だけで寝ていたせいか、むしろ頬に触れる風は肌寒い。

予定ではもっと早く起きるつもりだったのだが、ずいぶんと長く寝すごしてしまったようだ。

慌ててスマホをたぐりよせて時間を見ると、花火大会はまだはじまったばかりのようだが、それでもこれは間違いなく大寝坊だ。

陽向といっしょに祭りに行く約束をしていたというのに、これでは今から大急ぎで仕度をしても、花火の大半は見すごしてしまうことになる。

(陽向ちゃんもあれだけ行きたがってたんだから、起こしてくれればいいのに！)

内心、少し八つ当たりするように悪態をつきながら、慌ててあたりを見わたし……そこでようやく、啓太は気がついた。

「……って、陽向ちゃん？」

すぐそばの縁側に腰かけるかたちで、陽向がいたのである。

寝坊した啓太を起こしもせず、怒っているようなそぶりもなく、むしろ上機嫌に足をぶらつかせながら、谷間の向こうにわずかに見える花火の明かりを眺めている。

「あ、啓太兄ちゃん、やっと起きた。おはよ」

「おはよ……ごめん、寝坊した」

「んーん、いいよ」

彼女が今、身につけているのは、川の流れをイメージした模様があしらわれた、涼しげで優美な浴衣だ。

いかにも祭りに行って遊ぼうとする、気合の入った格好である。

「起こしてくれたらよかったのに」

「だって、すっごく気持ちよさそうに寝てるし、別にいいかなって。それに花火なら、啓太兄ちゃんとおとといもやったしね」

陽向はあくまで気楽に笑う。

たしかに同居生活の初日、別の従弟が残していた花火でふたりで遊んだが、おもちゃの花火と祭りで見るような打上花火は、また別物だろうに。

「そんなことよりさ、ねえねえ、これ、どうかなぁ？」

陽向は立ちあがり、啓太に近づいて、くるりと踊るように一回転して浴衣姿を披露してくれる。

「ん……かわいいよ。似合ってる」

それは、お世辞なしの本心だ。

少年じみた格好をしていることが多い陽向だが、こういう格好をすると、とたんにもともとの素材のよさが活《い》きてくる。

陽向のいちばん魅力である、活発そうな雰囲気は損なわないまま、派手すぎない柄の和装が女の子らしいたおやかさも演出していて、独特の魅力を醸し出している。

それが、遠くで打ちあげられた花火の七色の明かりに照らされているのだ。

かわいくないわけがない。

「えへへ。えへへ。そっか、そっかぁ」

うれしそうに笑いながら、やはり恥ずかしいのか、それをごまかすように、陽向はどんと啓太に体当たりをする。

「うわ、おっと。こら、危ない」

「えっへへへ」

啓太は座ったままの体勢で、少しよろめきながらなんとか陽向を受け止めるが……しかし陽向が次にとった行動には、さすがに彼も、とっさに反応をすることができなかった。

「ん、ちゅっ」

「……!?」

ふいに唇に触れたあたたかい感触に、啓太は目を白黒させる。

一瞬、なにが起こったかわからなかった。

啓太が視線を下げたタイミングを見はからうようにして、陽向はぐっと背伸びをし、軽くキスをしたのだ。

「ん……えへへ。キス、しちゃった」

あっけにとられる啓太の横で、陽向は立ちあがり、頬に両手を当て、小さくぴょんぴょんと跳ねながら、はにかんではしゃいでいる。

啓太は……そんな陽向に、どんな言葉をかけていいかわからなかった。

なんてことをするんだと叱るのは、すくなくとも正解ではない気がする。

では、どうすればいいのだろうか。

そもそもじつは、陽向がもっと子供のころは、ふざけて彼女にキスをされたことも何度かあった。仕草そのものは当時と変わらぬ無邪気なものだけれど……けれど今のは、そのころのものとはニュアンスが違う。

「ね、ね、啓太兄ちゃん、お願いがあるんだけど」

けれど混乱で頭がまわらない啓太を、陽向は待ってはくれない。

困惑顔のままの啓太に、陽向はぎゅっと抱きついてきて……そして上目遣いに、いつもながらのとんでもないおねだりをするのだ。

「あのね、あたし……啓太兄ちゃんと、最後までしたい」

「だめだよ」

さすがに今回は、どういう意味かすぐにわかった。

わからないはずがない。

何度もエッチなことをおねだりして、子供のころとは違うキスをいきなり押しつけてきて……ならば、その言葉がなにを意味しているかなんて、答えはひとつしかない。

けれど、セックスしたいなんて、そんな願いを引き受けるわけにはいかない。

「なんで」

「理由、前にも言ったぞ」

少しうんざりした顔で啓太は言う。

「だいたい、俺たちは恋人でも夫婦でもないだろ。そこまではさすがに、だめだ」

川辺での戯れごとからはじまって、いろいろと流されてはしまったが、それでもこの最後の一線だけはだめだ。

大人としてではなく男として、それを越えてしまうことはできない。

「じゃあ、恋人とか夫婦じゃないとだめなら、結婚しようよ」

いよいよもって、陽向の言っていることがわからない。

「……なに、言ってんだよ」

「もちろん今はそんなことができないの、わかってるよ。だから、婚約。結婚する約束しようよ。あたし昔から啓太兄ちゃんのこと好きだったし……ならいいでしょ？」

いいわけがない。

そんな無神経にもほどがある台詞のおかげで、むしろ拒否の感情が強くなった。

陽向は、啓太のことを好きでいてくれている。慕ってくれている。

それは間違いない。

けれど、それとこれとは話が別だ。

「啓太兄ちゃんだって、あたしのことは好きでしょ」

「そりゃそうだけど……それは、違うだろ」

そうだ。啓太だって、陽向のことは好きだ。

けれどその好きは、あくまで家族愛とかいう部類のものであって、男女の間の恋愛感情では断じてない。少なくとも、啓太が彼女に向ける気持ちはそうだ。

そんななのに、一線を越えていいはずがない。

そもそも昼間のバスの中で、怒りのまま仕返しの感情で陽向の股間をいじくりまわしたのだって、今となっては後悔しかないのだ。

もう二度とあんなことはしたくない。

それになにより……セックスしたいがために婚約とか、その発想がありえない。

ばかにされているようにすら感じて、心底いらだたしい。

「違うくないもん。あたし、啓太兄ちゃんのこと好きだし、結婚したいって、ちゃんと思ってるもんっ」

「え、あ……お、おいっ」

しかし、陽向の決心は固かった。

啓太の腰の上に、どかりと乗っかってくる。

啓太はとっさに陽向を押しのけようとするが……まだ寝起きで力がうまく入らなくて、陽向をどかすことができない。

「んっ」

そうこうしているうちに、陽向はふたたび啓太の唇にキスをして、そして浴衣に手をかけた。

はだけられた胸もとと股間を覆うのは、薄いピンク色のそろいの下着だ。

ショーツのほうは、バスの中で見た意匠だ。とすると今、陽向が身につけているのは、上下ともにブティックで買ってあげたものだろう。

「啓太兄ちゃん、好き」

呆然とする啓太を愛おしそうに、せつなそうに見つめながら……しかし陽向は一方的に、自分の思いを伝えるために行動を起こした。

3

「ん……」

気持ちがよほどはやっているのか、もはや陽向は、本来のセックスであるべき前戯をするつもりすらもないらしい。

啓太のズボンのファスナーを下ろし、ペニスを露出させる。

ショーツを指でずらして股間を露にする。

それだけでもう準備万端と判断したのか、いきなり彼女は腰の位置を調整して、啓太の男性器に自らの股ぐらを添えてきた。

最悪なことに、まったく興奮などしていないのに、寝起きのせいで啓太の股ぐらは朝勃《だ》ちをしてしまっていて……だからあとは陽向がもう少し腰を落とせば、それだけで一線を越えてしまう。

「や、やめ……」

「やだ」

制止の言葉は、キスで封じられてしまった。

もう陽向は、待ってくれない。

啓太が見ている前で、陽向はゆっくりと腰を下ろしてくる。

ぴとりと、先端が陽向の割れ目に触れた。

（まずい、まずい、まずい……っ）

無毛の、赤ん坊のものとたいして変わらぬ造形の陽向の秘部と、啓太の男性器の先端が触れ合うその絵面は、おぞましいのひと言だ。

頭の奥のほうで特大アラームが鳴り響く。

だめだ。こんなの、絶対無理がある。

たしかに亀頭に触れるその場所は、幼い造形にふさわしくないほどしとどに濡れて女を主張しているが……どれほどぬかるんでいたって、いくらなんでもこのサイズ差では、そもそも入るわけがない。

こんなのが入れば、絶対に陽向の身体に大きな負担をかけてしまう。

きっと陽向のことを、手ひどく傷つけてしまう。

しかし陽向は、そんな心配などまったくしていないらしい。

ゆっくりと、着実に、啓太の大人サイズの先端が、陽向の中に潜りこんでいく。

「ん、あぁ……」

うめき声とも喘ぎ声ともつかない声を口から漏らしながら、それでも陽向の腰はまったく躊躇なく下ろされていく。

そうして啓太の亀頭部分が、だんだんと陽向の中へと潜りこんでいって……やがてとうとう、その瞬間が訪れた。

ぷつりと、なにかがちぎれたような、そんな感触が先端に触れる。

「あ、い、いたっ!?」

陽向が小さく悲鳴をあげる。

その細く幼い身体が、びくりと電撃を受けたように跳ねる。

同時に、愛液とはまた別の、あまり粘度のない生ぬるい液体が亀頭に触れ、やがてそれは、つうと啓太の肉竿を伝っていった。

間違いなくそれは、破瓜《はか》の感触だ。

「くぅ……んんっ、い、あううっ」

いくら愛液で濡れていても、粘膜が裂ける痛みなど、とうていごまかせるわけがない。陽向はたまらずつらそうに苦鳴を漏らして……しかもさらに、痛さのあまり踏んばりが利かなくなったらしく、すとんと腰を一気に下ろしてしまった。

「あ、あくっ、ううっ」

啓太の先端に性感帯として発達してない膣奥を突かれるかたちになってしまって、その追い打ちに、その痛みに、たまらず陽向はつらそうにのけぞった。

「あう、う、うう、い、痛っ、な、なに、これぇ、ぜんぜん気持ちよくないぃ……」

言わんこっちゃない。

どうやら、あれほどエッチには興味津々だったくせに、初体験で女の子がどういう苦しみを味わうかについては、まったく知識を持ち合わせていなかったらしい。

「う、うう……」

この様子では、陽向の身体を持ちあげ、引き抜くわけにもいかなくなった。

下手にそんなことをすれば、よけいに破瓜の痕を傷つけて陽向を苦しめることになってしまう。

だから啓太はしかたなく、痛みに耐えようとして震える陽向の背中を撫でさすり、彼女をなだめるしかない。

「う……せ、セックスって、エッチでいちばん幸せで、気持ちいいんじゃないの。なんでこんな……あたし、どこか変なの？」

泣きじゃくりながら駄々っ子のように言う姿が痛々しくて、見ているこっちまでつらくなってしまう。

「変じゃないよ……女の子のはじめてって、そうして痛くて血が出ちゃうようにできてるんだよ」

「そんなの聞いてないよ。素敵なことばかりだと思ってたのに……だまされたぁ！」

泣き言を並べても、もうあとの祭りだ。

あるいはもっと念入りに前戯をして身体を柔らかくしておけば、陽向もこんなに苦しまずにすんだのかもしれないが……今となってはなにもかも、すべてが遅い。

「ん、うう。う、んんっ……啓太兄ちゃん、啓太兄ちゃん……ちゅ、ちゅっ」

いきなり陽向は、必死にキスをしはじめた。

おそらくそうして、痛みをなんとかしたいがための行動なのだろう。

さすがにこのキスは、ちょっと拒否がしづらい。

「あう、んん、ちゅ、うう、い、痛い、痛いよぉ……」

けれど、キスで気持ちを紛らわそうとしても、なかなかうまくいかないらしい。

キスをくり返しつつ、それでもなお股ぐらをつんざく痛みはどうしようもなく、陽向は啓太に抱きつきながら、ぽろぽろと涙をこぼしている。

……もう、見ていられない。

「陽向ちゃん、舌をべーって出して」

「え、あ……う、うん」

言われるままに陽向は啓太の目の前で、舌を突き出してくれる。

湧きあがってくる罪悪感と後悔の念を無心になって振り払い、啓太は自分の舌を陽向のそれにからみつかせていった。

「んんっ、んんっ……な、なに⁉」

はじめての感触に、陽向は驚いて飛びのいた。

顔を真っ赤にしながら両手で口を押さえるその仕草がなんとも幼くて……啓太の胸がずきりと痛む。

「ディープキスって言って、大人がするエッチなキスだよ。これで少しは気持ちよくなって、痛みもなんとかなると思うから、しばらくつき合って」

「わ、わかった」

まだよく理解していない表情のまま、それでも素直に啓太に従って、陽向はふたたび舌を伸ばしてくる。

ひどく混乱した従妹の頭を優しく撫でながら、啓太は本格的に陽向にディープキスを再開した。

「ん、う……んんっ、あ。あう。れろ、れろ、ちゅ……んんっ」

陽向の口は、ひどく小さかった。口の中も、舌の大きさも。

舌を念入りにこすり合わせようとしてもうまくいかず、小さな彼女の舌先を乱暴に翻弄するようになってしまう。

「あう……んんっ」

けれどそんな、一方的でいびつなディープキスでも、だんだんそれがどういうものかを陽向は理解してくれたらしい。

はじめのうちは他人の舌が自分の舌を撫でてくるその感覚にただただ困惑するばかりだったようだが、次第にその粘膜どうしの摩擦が心地よくなってきたらしく、自分から積極的に舌を動かして、その感覚を求めてくるようになった。

「ん、ふあぁ……」

唇どうしをこすりつけ合い、唾液を混ぜ合わせ、互いに嚥下し、舌の表面のざらついたところを互いに舐めて味わい合い……そうしてしばらくたわむれているうちに、啓太のもくろみどおりに、陽向の反応は穏やかなものに変わってくる。

重なり合った唇から漏れる吐息は甘いため息まじりになり、より密着を求めてだろうか、甘えるように、陽向がきゅっと抱きついてきた。

（やば……）

けれど、陽向が落ちついてくれたのを、啓太は素直に喜ぶことができない。

啓太を包みこむ陽向の膣の感触が、明らかに官能を帯びたものに変わったからだ。

今の今まで、愛液にまみれてはいたものの、痛みに耐えようとするばかりに、陽向のその肉穴はただただきつく締めつけてくるばかりだった。

万力で締めつけられるようなその感触はお世辞にも気持ちいいと言えるものではなく、だからこそ啓太はある程度冷静になって、痛みに悶える陽向をなだめることができていたのだが……しかし今になって、きつい締めつけはまだあるものの、膣肉が急に柔軟さを見せはじめてきたのだ。

この感触は、まずい。

(ていうか、ナマの感触って、こんなだったのか……!?)

今さら思いいたる。じつは、女の子と避妊具なしでするのは、これがはじめてだ。

元カノとのセックスでは、いつも最低限のエチケットとしてコンドームをつけるのが基本だった。まだ子供を産むわけにはいかない学生としてとうぜんのことである。

はじめて味わうナマの少女の感触は、ただただ鮮烈だった。

ぬるりとした膣ヒダが蠢き、肉竿にからみつく。

きゅんきゅんと収縮する肉道が啓太を求めて奥へ奥へと吸いあげてくる。

ゴム越しではいまひとつ判然としなかった膣内の細かな動きが、そしてそれらがどんな本能につき従って行われているのかが、これ以上ないくらいにはっきりとわかってしまう。

「ん、ふ、あ。ん、う。んんっ」

そうして……そんな最悪のタイミングで、おそらく無意識なのだろうが、まるで陽向が媚びるように、ゆるゆると腰を動かしはじめたのだ。

どうやら啓太の気遣いによって、だんだん陽向の中の官能も復活してきたらしい。

ピストンする動きではなく、腹の奥にわだかまるもどかしさに耐えかねたかのように、キスをつづけながら、円を描いて快感を求めている。

刺激の変化としてはほんのわずかなものだが、甘い締めつけが単調なものではなくなり、さらになにより結合部から聞こえるくちゅくちゅという控えめな水音が、啓太の中の目覚めてはならない欲求を湧き立たせる。

「ん、う、ん……ん……ふぁ……」

不意に、陽向が口を離す。もう陽向は、まったくつらそうな顔はしていない。

そうして陽向は、啓太の懊悩にとどめを刺すのである。

「あ……啓太兄ちゃんの言うとおりだぁ。すごい、これ、気持ちいい……」

官能に酔い、啓太との密着の多幸感にとろけた女の顔だ。

「…………」

とたん、今までなんとか押しとどめていた罪悪感が決壊した。

だめだ。この少女にこんな顔をさせるのは、絶対やってはいけないことだ。

「も、もうだめだ。やめなさいっ」

もう陽向が痛みを感じていないなら、キスを続行する意味もない。セックスをつづけるなんてもってのほかだ。

我に返って、あわてて啓太はとっさに陽向の身体をつかみ、持ちあげ、結合を解《ほど》こうとして……しかし、それが失策だった。

「あ、ううっ」

にゅるりと、甘い膣ヒダが裏スジにからみつく。

きゅんきゅんと、狭い肉穴がカリ首に吸いついてくる。

引き抜く動きによってもたらされた圧倒的な媚肉の摩擦は、殺人的なまでに気持ちよくて……結合を解く前に、ずるりと手を滑らせてしまった。

ふたたび、すとんと陽向の腰が落ちる。

「あ、あう、あ、ふぁあっ。んぁあああっ」

一気に陽向の体重がのしかかり、亀頭が陽向の最奥を強く強く突きあげてしまう。

その衝撃に、セックスになれていない陽向は耐えかねて嬌声をあげ……けれどその声には、もはや一片たりとも苦痛の色はない。

「あう、あ、すごい、あぁ……これが、セックスなんだぁ、あ、エッチなんだあ……んんっ、気持ちいい……」

衝撃に悶えつつ、陽向はのけぞらせて快感を口にする。

膣は歓喜に震え、今までにないほどきゅんきゅんと情熱的に収縮する。

……本能で、わかってしまった。

その膣が、精液を求めていることを。

まだ初潮も来ていない身体で、啓太の子供を孕《はら》みたがっていることを。

もう、本当に無理だ。

「く、ううっ、あぁ……っ」

びゅるるる、びゅる、びゅううっ。

我慢に我慢を重ねていた啓太に、幼い従妹のナマの膣は刺激的だった。

だから啓太は、それ以上耐えることなどできるはずもなく……あえなく大量の精液を、彼女の胎内の最深部へと放ってしまった。

4

不本意きわまりない射精をしてしまって……興奮の熱が一気に冷めた啓太は、途方に暮れて押し黙った。

自分自身でも自覚がないほど興奮をためこんでいたらしく、今回の射精は恐ろしく量が多く、吐精の時間も長い。

今もまだ快感にひくつき、子種を求めて蠢く膣ヒダに締めつけられて、性器の中に残った樹液の残滓《ざんし》が、ぴゅ、ぴゅと断続的に絞り出されつづけているのが、不思議なことに自分でもはっきりわかった。

その様子をまるで他人事《ひとごと》のように思いながら、なんとか押しとどめていた後悔が、思い出したように啓太の胸にどっと押しよせてきた。

最悪だ。

やはりこんなこと、やるべきではなかった。

いろいろと先走ってエッチなことを要求してきたのはたしかに陽向のほうだが……そんな彼女を止めることができなかったのは、明らかに大人である彼の責任だ。

どこで間違ってしまったかといえば……たぶん、はじめからなのだろう。

最初から、陽向の持ち出した勝負に乗るようなことはしなければよかったのだ。

「あは……すごい。中に出されるって、こんな感じなんだぁ」

陽向はただただ幸せそうに、射精の脈動をくり返す啓太の勃起を膣で感じ、その感触を確かめるようにお腹を撫でている。

しかし、ここに来てようやく、陽向も啓太が深刻な顔をしていることに気がついたらしい。

「……啓太兄ちゃん？」

なにかまずいことがあっただろうかと、ばつの悪そうな表情で、陽向は啓太の顔をのぞきこんでくる。

その陽向の反応に、啓太はますます途方に暮れた。

多少のおいたをしたくらいでは、啓太はそんな顔をしない。

陽向が本当に取り返しのつかないことをしたとき、啓太はそれを止められなかった自責で、むしろ自分が傷ついたような顔をすることを、彼女はよく知っているのだ。

それは、過去にも何度かあった。

「あの。えっと」

陽向は慌てて腰をあげる。

なんの余韻もなく啓太のものが引き抜かれ……無毛の彼女の股ぐらから、どろりと白濁の粘液が大量にこぼれ落ちた。

破瓜の血が混じったそのゼリー状の体液こそ、ふたりの過ちの証《あかし》である。

「ごめん、なさい」

申しわけなさそうに、陽向が頭を下げてくる。

けれど彼女はきっと、自分がなにに謝っているかわかっていないだろう。

陽向はたんに、啓太がつらそうな顔をしているから……彼を傷つけてしまったのが申しわけなくて、謝っているだけだ。

「いや……俺こそ、ごめんな。本当……ごめん」

啓太がもっとしっかりしていれば、こんな後味の悪いかたちで、陽向が初体験をすませてしまうようなことはなかったのだ。

どうしたらいいかわからずうなだれる陽向の頭を慰めるように優しく撫でながら、しかし結局、それでも啓太は、彼女に笑顔を向けることすらできなかった。

第五章　夏色少女の恍惚絶頂

1

　本家からふだん住んでいるアパートに戻ったその翌日、啓太は友人の里奈《りな》に呼ばれ、街に遊びに出ていた。

　もともとは数日前に会う予定だったのだが、陽向の世話をする都合で少し予定をあとまわしにしてもらっていたのだ。

「どしたの、啓太くん」

　おしゃべりをしていてもどうにも気持ちが乗っていないのがわかったらしく、里奈は気遣わしげに声をかけてきた。

「どこか調子悪いとか？」

「ああ、いや……そうじゃないんだけど」

高校時代からつき合いがあり、大学でも同じ学部に通っている仲である里奈は、啓太の友人の中でも特に長い時間をいっしょに過ごしている。彼がなにかと顔に出やすいこともあって、なにかあれば里奈はすぐに啓太の変調に気づいてしまう。

「ちょっと本家に行ってる間、いろいろあって」

苦笑しつつ、啓太はどこかごまかすように言った。

「仲のいい従妹がいるんだけどさ、ずっとさんざん振りまわされて」

「ふうん？」

「その子、ちょっと身体が弱くてね。親もと離れてばあちゃんとふたりで暮らしてるんだけどさ。ばあちゃんがぎっくり腰で倒れちゃって。それで何日か世話っていうか……寂しくないようにいっしょに過ごすことになって」

「ああ、それで会うの、うしろにずらしてって話があったのね」

「まあ、そういうこと。悪いな、こっちに合わせてもらって」

「それは別にいいよ。どっちかっていうとドタキャンとかするの、わたしのほうが多かったりするし」

「でまあ、いっしょに川遊びしたりとか、街に買い物に行ったりとかけっこう過密スケジュールでさ。なんかこっち帰ってきてから、その疲れがどっと出たっていうか」

致命的なことを言わないよう慎重に言葉を選びつつ、里奈にそんな顚末《てんまつ》を語りながら、陽向と過ごした数日を思い出していた。

正直、客観的に考えればさんざんな日々だったと思う。

そもそも遊びのスケジュールがかなり過密だったのに加え、エッチなことをしたいと陽向におねだりをされてからは、小学生相手にいかがわしいことをするというシチュエーションに混乱するわ、罪悪感で悩まされるわで、心安らかになる時間などいっときたりともなかった。

なにより、最後の後味が本当によろしくない。

気まずいまま別れてしまって、次に会うときにどんな顔をすればいいか、今もって啓太はまったくわからない。

だからどうしても、友人と雑談に興じていても、どうにもうしろ髪を引かれるというか、陽向のことが気になってしまうのだ。

「……そっか」

そんな啓太の表情を見て、里奈はなにやら得心したようにうなずいた。

「よかったね、啓太くん」

「……は、なにが？」

「どんな子か知らないけれどさ、啓太くん、その子のこと、好きになったんだね」

「………」

唐突にもほどがある友人の言葉に、啓太は押し黙った。

たしかに陽向のことは好きだが……それはあくまで従妹としてだ。

けれど、まさかこんなタイミングで、こんな話題の中で、里奈がそういう意味で言うわけがない。

「なんでそんな話になってるの」

「啓太くんがそんな顔してるからだけど」

当たり前の道理を説くように言われて、ますます意味がわからない。

いったい、どんな顔をしているのだろう。

「よかったね、本当に好きになれる子が見つかって」

「いや、待て、ちょっと待って！」

さらにそのまま勝手に祝福までしはじめた里奈を、慌てて手を上げて制止する。

そんな、一方的に一件落着みたいな顔をされても困る。

「だいたい、相手は従妹だぞ？」

「普通に結婚できる関係じゃん」

たしかに言われてみればそうだが、もっと大きな問題がある。

相手は未成年どころか小学生なのだ。そもそも恋愛対象にしていい相手ではない。

ただ、さすがにそこのところを打ち明けるわけにもいかず、にこにこと上機嫌に視線を向けてくる友人に、啓太はなんと反論すべきかわからない。

「今、めっちゃうれしそうにその従妹の子のこと話してたよ」

「……いや、そんなはずないだろ。だいたい、なんでそんな話になるんだよ。振りまわされて大変だったたって話をしてたんだぞ」

「そうだよね。だから、そう思ったんだけど」

「……意味がまったくわからないんだけど」

「だって啓太くんてば、振りまわされるの、大好きじゃん」

「………………」

「あれ、もしかして自覚なかった？」

まるで当たり前の事実を確かめるような友人の物言いを、啓太はまったく呑みこめない。

けれどほかならぬ里奈が言うなら、啓太はそれを戯れ言だと切り捨てられない。

なにせ……今はただの友人という関係だが、彼女こそ啓太が高校時代に恋人としてつき合っていた相手だからである。

交際関係を解消した今でも、啓太の交友関係の中で特に親しい友人として、ともになにか行動する時間は、知り合いの中では彼女がダントツで長い。

そんな里奈は、啓太自身よりよほど彼のことを客観的に見ることができている。

「……それじゃ俺、変態マゾみたいじゃないか」

「わりとそうだったじゃん」

すっぱりとそう言いきられてしまった。

里奈と交際していた当時は、普通に肌を重ねたことだって何度もある。

そんな彼女にそう言われると、いろいろとしゃれにならない。

というか、彼女としたセックスなんて、陽向としたあれこれよりもよほどノーマルなことしかしていなかったのに、なんでそんなふうに言いきれてしまうのか。

「いたずらしたりしたら、いつもはしゃいでたじゃん、やめろよとか言いながら」

「……む。そ、そうだったっけ」

言われてみれば、いくつかそんなエピソードにも心当たりがあるような気がする。

しかし、かといって、納得できたかと言えばそれはまた別の話である。

というか、納得できない話しかない。

相手は従妹だ。それに小学生だ。

さらに今回の夏休みはさんざんなことばかりで、別れのときの気まずさなんて本当に最悪だったのだ。

たしかにエッチなこと以外をしていたときは、楽しくなかったかと言えば決してそんなことはなかったけれど、マイナスになる記憶があまりにも多い。

そんなだというのに……啓太が、陽向のことを異性として好き？

しかも、その理由が、啓太がM気質で、彼女が啓太を振りまわしてくれたから？

「……わたしさ、啓太と別れてから、いろいろと考えることがあったんだよね」

困惑顔の啓太を見ながら、ひどく穏やかな笑顔で、里奈は口を開いた。

「わたしたちはたぶん、つき合いかたを間違ってたんだろうなって」

なにを言いはじめたかと思えば、啓太と交際していた当時の話題らしい。

今は恋人ではなくなってしまったふたりだが、別に喧嘩《けんか》をしたりしたわけではない。

高校時代、なにかと気が合った啓太と里奈は、じゃあそのままつき合ってみようか
という話になって交際をはじめた。

それからひととおり恋人らしいことをしてみたりしたわけだが、なんとなくしっくりこなかったというか、たいして劇的におもしろみを感じることができず、これなら普通に友達どうしのほうが気楽でよいね、となって、今の友人関係に戻ったのだ。

その選択はどうやら正解だったらしく、高校を卒業した今も、里奈は啓太にとって唯一無二の親友でありつづけている。

「わたしたち、世間で言う恋人っぽくしようとしすぎたんだよ」

それは正直、啓太にとっても思いあたることだった。

いつもいっしょにいて、デートを頻繁にして、互いをいちばん優先的に扱って、そしてたまに、ハグしたり、キスをしたりしていちゃついて、セックスをする。

当時の啓太と里奈にとって、恋人といえばそういったことをする関係であり……だから必要以上にふたりは、それを実行に移すことに、やっきになってしまったのだ。

おそらく、それが悪かったのだ。

ハグもキスもセックスも、それら自体は別に気持ちよくなかったわけではない。

ただ、友人としてつき合っていたことから頻繁にやっていた、漫画の貸し借りや、どこかにいっしょに遊びに行ったりや、そういったもろもろと比較して、飛びぬけていい体験だったかというとまったくそんなことはなかった。

「まあ、それはわかるけれど……」

なによりいちばんまずかったのは、それが恋人だから、というふうに考えて、そんなもろもろの行為を義務のように感じてしまっていたことだろう。

だから結局、恋人らしくすることに、啓太も里奈も息苦しさを覚えるようになってしまって……それでどちらからともなく提案して、関係を解消してもとの友人関係に戻ることになったのだった。

「見た感じ、啓太くんは、今もあのときの価値観に囚《とら》われている気がするな」

相手は従妹だから。相手は小学生だから。

啓太は陽向を守る立場にある大人だから。

その考えが先に立ってしまって、自分の陽向への気持ちをしっかり認識できていないのではないかと、里奈はそう言っているのだ。

「たぶん、恋愛ってそんなことじゃないんだよ。決まった型なんてなくて、いっしょにいるときに心地よいとか、そういう気持ちがあれば、あとは自由なんじゃないかな……ていうか、いっしょにいるのすら必須じゃないだろうし」

「……気軽に言ってくれるなぁ」

「まあこういうところでは、わたし、もう他人だしね」

無責任に、気軽に里奈は笑う。

里奈が言わんとすることは、実際、そこまで突飛な話ではない。

中学生だって自力でたどり着ける程度の理屈だろう。

けれどそれはあくまで理屈であって、実感として納得するのは難しい。

世界は陽向と啓太だけで構成されているわけではない。世間体があるし、人の生活はいろんな法律にも縛られている。そうして日々を生きる中で、そんなことは関係なしに、フラットな自分の気持ちを見つめるなんて不可能だ。

というか、世間体やらなにやらも含めたうえで成り立っているのが、人間の気持ちなのではないか。

けれど一方で、世間体なんかを気にしてしっかりと陽向のことを見てあげられてなかったのではと問われてしまえば……正直、啓太はそれを否定することができない。

「……むう」

「まあ、存分に悩みなさいな、青少年」

同い年の元恋人のくせに、里奈はまるで小さな弟を諭すように、啓太を見ながら穏やかに笑った。

2

そのあともしばらく里奈とおしゃべりをして、ほどほどの時間になったので、啓太は彼女と別れて帰宅することにした。

「どうしたもんかな……」

アパートへと戻る電車の中で、ぼんやりと窓の外を見ながら、啓太は里奈と交わした会話を思い返していた。

いろいろと理屈をこねられてしまったが、要するに里奈は啓太のことを応援してくれているらしい。

よけいなお世話だと思わなくもない。

あるべき恋人像や家族像だとかそんなのを抜きにして、フラットな気持ちで相手に向き合うべきだというのならば、それこそ啓太が陽向のことを異性として見ていると決めつけるほうが、よほど恣意的にバイアスをかけようとしているではないか。矛盾しているにもほどがある。

(根本的なところでお節介なのが直ってないんだよな、鹿賀のやつ……)

上も下もない関係なのに、年上のようにふるまおうとするのは里奈の高校時代からの悪い癖だ。なにかと気にかけてくれるのは、それはそれでありがたくはあるのだけれど、彼女の干渉で振りまわされたことも一度や二度ではない。

(今日、帰ったら陽向に電話でも入れておくか……)

ただ……里奈のおかげで、とりあえずまずはそうするのがいいだろうと思えるようになった。

今後陽向とどういう関係になるかはさておいて、今の気まずいままの状態でいるのは、啓太としても望むものではない。

陽向のもろもろのおねだりや、今の立場を固辞しようとする自分自身の気持ちに惑わされて、啓太は彼女とちゃんとコミュニケーションができていなかったように思う。

里奈のおかげで、啓太はそのことに今さらのように気づくことができた。

陽向は、啓太とどういう関係になりたいのか。

啓太は、陽向とどういう関係になりたいのか。

もう、啓太と陽向は一線を越えてしまっている。

だからこそ、その気持ちをきちんとすり合わせないと……今度こそ、啓太は取り返しのつかないかたちで陽向を傷つけかねない。

電車に揺られながらあらためて、本家で起こったあれこれを思い出した。

客観的に見れば、おぞましいと表現できてしまうようなさんざんな体験ばかりだ。

けれどそれでも、よくよく考えれば不思議なのだが、啓太の中で陽向への心証は、まったく悪くなっていない。あれほどのことをすれば関係が悪化しても不思議ではないはずなのにである。

変な話である。

いくら仲のいい関係だと言っても、相手のやらかしでその関係が崩れることだって世の中には普通にあるはずだ。従妹だ家族だと言っても、しょせんはたんなる名前であって、永劫《えいごう》変わらない関係を担保するものではない。

（……じゃあこれ、鹿賀が言ってたとおりってことなのか……？）

今さらのようにその可能性に気づいて愕然とする。

つまりそれは……啓太は陽向にされたもろもろのいかがわしい行為を、だめだだめだと言いながらも心の奥底では喜んでいて……だから、陽向への拒絶の気持ちは生まれなかったということか。

であるならば、それをきっかけに陽向に特別な感情を抱いても不思議ではないのか。

（……だめだ。混乱してきた）

とっさにありえないと思いつつ、けれど否定しきれないような気もして、ただただ気持ちの座りがよろしくなくて居心地が悪い。

（……うん。やっぱりこれは、一度ちゃんと陽向ちゃんと話したほうがいいな）

自分ひとりでうんうんうなっていても、これ以上は思考が堂々めぐりをするばかりで、結論にたどり着けそうにない。

これは啓太だけではなく、陽向もからんだ問題だ。

なら、たぶん、ふたりでちゃんと話して気持ちを確かめ合ったほうがいい。

「……って、え？」

そうして、そんな決心めいた思いを胸に電車を降り、改札を抜けて、アパートへと向かったその先で……しかし啓太は予想外の事態に立ちつくすことになった。

「あ、やっと帰ってきた」

自分がふだん寝泊まりしているアパートの、その玄関先に、よく見知った顔の少女が啓太を待ちかまえていたのである。

しかも、明らかに旅行のためのものとしか思えない、大きな荷物を背負ったまま。

「こんにちは、啓太兄ちゃん」

御厨陽向である。

いきなり押しかけられるかたちになってどうすればいいか困惑したが、さすがに追い返すわけにもいかない。

なにせ啓太が住むこのアパートから、陽向の住む本家までは電車やバスを乗り継いで四、五時間はかかる距離にある。

今から帰そうにも、そもそもこの時間では乗れる便がもうすでにないし、それ以上にそんな長時間移動をしたのだから、陽向も疲れているに違いない。

結局ほかにとれる選択肢もなく……啓太は陽向を部屋に通すことにした。

3

「……わ。啓太兄ちゃんの部屋、こんな感じなんだ。思ったよりきれいだし」

「帰省する前に掃除したしな。ふだんはもっと散らかってるよ」

「そうなんだ」

陽向は背負っていた荷物を下ろし、部屋の中をキョロキョロと見まわしている。

啓太の部屋は、別にそんな物珍しいものでもない。

八畳のワンルームマンションで、置かれている調度のたぐいも平凡のひと言だ。

部屋の端にベッドとノートPCが置かれたデスクが置かれ、壁ぎわには部屋の規模に比べて少々大きめの本棚がある。

衣類はぜんぶクローゼットに押しこめているし、冷蔵庫や食器はキッチン周辺に固められているから、部屋に入って目に映るものといえば本当にそれだけだ。

生活感の乏しい、殺風景だとすら言えてしまうだろう。

「えへ。なんか……ちょっと緊張しちゃう」

けれども陽向はまるで楽しみにしていたテーマパークに来たときのように、そわそわと落ちつきなく目を輝かせている。

「……でも、いきなりどうしたの」

まずは尋ねるべきはそこだろう。

小学生が半日近くかかる行程をたったひとりでやってくるなんて、よほどのことだ。

「あ……えと」

尋ねられたとたん、陽向は表情を曇らせた。

今まで平然としていたのは、どうやら空元気であったらしい。

「その……ちゃんと啓太兄ちゃんと、仲直り、したいなって」

唖然《あぜん》としてしまった。

まさかそれだけのことで、陽向は何時間もかかる道のりをやってきたというのか。
啓太と陽向は、お互いに電話番号も知っている。なんならSNSでもつながってい
る。その気になれば通話ボタンを押すだけですぐに会話ができるのに……それよりも
陽向は啓太と面と向かって話をすることを選んだのだ。
「よくばあちゃんが許してくれたな」
「あ、うん。来年から都会に住むことになるし、こういうことにもなれておいたほう
がいいって、そう言ってくれたの。夏休みの宿題は、もう終わってるし」
なんとも無理やりな理屈である。
別れぎわ、気まずいときでも啓太と陽向は、祖母には感づかれないようにと努めて
いたつもりだったが、あるいは祖母はふたりの雰囲気がどこかおかしいことに気づい
て、それで助け船を出してくれるかたちで、陽向に許可を出したのかもしれない。
(……負けたな)
陽向の行動力に、啓太は自分が情けなくなった。
啓太もまさに陽向に電話をしようと思っていたところではあるが、長い時間をかけ
てじかに会いに来るなんて……覚悟の違いを見せつけられた。
「あの……啓太兄ちゃん、ごめん。ごめんなさい」

啓太がなにかを言うよりも早く、陽向はそう言って深く頭を下げた。

「あたし、久しぶりに啓太兄ちゃんと遊べて、いっしょにいられて、浮かれてたんだと思う。啓太兄ちゃんに甘えてたんだと思う」

だから気を許して、あんなことをしてしまった。

だんだん行為をエスカレートさせてしまって、最後の一線まで越えてしまった。

「ごめんなさい。もう二度と、あんなことしない。だから……その、あの、また、あたしと会ったり、遊んだり、してくれる？」

おそらく陽向は、それを言うためだけに、はるばるここまで来たのだろう。

どう返したものか。

いや、もちろん、今後もまた会ったり遊んだりすること自体はオーケーだ。

その点については、いちいち悩むほどのことではない。そんなこと、お願いされる前から答えなど決まりきっている。

けれど、陽向のお願いにうなずくだけでは、すべての問題は解決しない。

陽向は決して、悪いことをしようとしてエッチなおねだりをしてきたわけではないはずだ。彼女は決して愚鈍ではない。小さなころは身体が弱くて自由にいろんなことができなかったぶん、むしろどちらかというと、もともとは慎重な性格なのだ。

やられた側としてはたまったものではなかったが、彼女なりに考えて、自分はそういうことをしてもかまわないと判断した結果だったはずなのである。

それを「二度としない」というのなら、陽向の中で、なにかの感情を無理やり押し殺そうとしているということだ。

「……陽向ちゃん、正直に答えてほしいんだけど」

「え、あ、うん」

改まった啓太の物腰に、陽向が背すじをただす。緊張でガチガチになっていて、まるで重犯罪の容疑者が警官に尋問されているようだ。

「なんで、俺とあんな……エッチなことしたいって思ったの？」

「……えっと」

啓太の言葉の意図が、どうやら陽向は読み取れなかったらしい。

説教のための誘導尋問かなにかをしているとでも受け取られたらしく、どうか答えればいちばん正しいのかと迷っているようだ。

「なに言っても怒らないから、陽向ちゃんの本当の気持ちを知りたい」

念を押すように、できるだけ優しい声でそう言うと……それでも即答はしてくれず、しばらく黙りこくったあと、陽向はひどく怯《おび》えた表情で口を開いた。

「最初は……啓太兄ちゃんとああいうことできる関係になれるとか、ぜんぜん考えてなかったの、ホントに。でも、なんか……友達に、エッチをするってどんなことか教えてもらったりして、どういう気分になるかって、ひとりでエッチなことしてるうちにわかってきて……」

ぼそぼそと、ためらいがちに言葉を重ねて……最後のほうは、弱々しく絞り出すような口調になっていた。

「そうしたら、もし男の人とエッチなことするなら、啓太兄ちゃんがいいなって、啓太兄ちゃんとしかしたくないなって……そう思ったの」

「そっか……」

「あ、あっ、でもでも、もうしなくていいとも思ってるの。それもホントなの！」

そこではっと我に返ったように、陽向は慌てて言いつくろう。

「それでもし、啓太兄ちゃんがいやな気持ちになったり、嫌われたり、めんどくさいなって思われたら、そのほうがいやだもん。啓太にいちゃんと仲直りするほうがずっとずっと大事だもん！」

きっとその言葉は、うそ偽りない本心なのだろう。

この期に及んでごまかしの言葉を吐くような性格を、陽向はしていない。

（そっか。陽向ちゃんは、もうとっくに……自分の気持ちを固めてたんだ）

たぶん、啓太はどこかで、陽向のことを見くびっていたのだ。

それが一般的な倫理観に照らし合わせてどうかはさておいて、少なくても陽向は、自分で考えて、自分の意志で啓太を慕い、異性としてしっかり見てくれている。

いろんなしがらみに囚われて、啓太のほうがまともに陽向を見ていなかった。

「あらためて言うけど、一般世間ではね、陽向ちゃんみたいな小学生とエッチなことをするのは、本当にだめなことなんだよ」

「うん。知ってる」

「なんでかって言うと……子供は社会経験が少ないから、そういうことをするのをオーケーにしちゃうと、悪い大人に利用されたりして、子供たちがものすごく傷ついちゃうようなこともありえるからだ」

ほかにもいろいろと理由はあるのだろうけど、少なくても啓太は子供を守ることの大切さについては、そう考えている。

「うん。わかるよ」

「あれから、考えてたんだ。俺は……そんな世間の考えかたに囚われすぎて、自分とか、陽向ちゃんの気持ちのこと、あまり考えられてなかったなって」

けれどもし、その小学生が大人と同じくらいに精神的に成長して、ものごとの本当の善し悪《あ》しをきちんと考えられるようになっていたら、どうすべきか。

子供だからと十把ひとからげにして枠に当てはめてしまうのは、それはそれで相手のことをきちんと考えていないということにはならないか。

「正直……今の俺は、自分が陽向ちゃんにどういう気持ちを持ってるか……エッチなことをしていいような覚悟ができているか、自分でもよくわかってないんだ。だからごめんだけど、ちゃんとそれがわかるまで、待ってくれないかな」

だからそれが、今の啓太の、精いっぱいの答えだ。

「それって……じゃあ、あたし、どうすればいい？」

やはり言葉たらずな啓太の台詞ではいまひとつわからなかったらしく、陽向はただただ不安そうに啓太を見あげている。

「今までどおり、普通にこうして会って、いっしょに遊ぼう。その中で俺は、陽向ちゃんに自分がどういう気持ちを持っているか、ちゃんと考えていくから。それでもし、俺も陽向ちゃんのことが好きになってたら、そのときはちゃんとした関係になろう」

「…………」

じわじわと、陽向の顔に理解がひろがっていく。

今まで死にそうな顔をしていたのに、だんだん表情に光が射しこんでくる。

「わかった。あたし、がんばるっ」

うれし涙を流しそうな顔をしながら、陽向は啓太に抱きついてきた。

「が、がんばる？」

「だって、じゃあ今、チャンスじゃん。啓太兄ちゃんがあたしのことを考えてくれてるなら、その間に啓太兄ちゃんに、あたしのこと惚《ほ》れさせちゃえばいいわけでしょ」

満面の笑みで、得意げにそんな理屈をこねる。

「啓太兄ちゃんがあたしのこと好きになってくれるように、がんばるからっ。もっと啓太兄ちゃんのこと好きになれるよう、がんばるからっ」

内心、苦笑する。

やはり陽向は、こういうところがすごいと啓太は思う。

ただ待っているようなことはしない。自分が願う結果になるにはどういうことをすればよいかをすぐに考えて、自ら率先して行動できる。

やはりこういう行動力の点では、陽向のほうが啓太よりよほどしっかりしている。

（やばいな……）

正直今の陽向の言葉で、さっそくちょっと、ぐらついてしまったような気がした。

4

「……で、だからって、なんでこんなことになってるんだ」

風呂で湯船の中に浸かりつつ、なかば呆れたような台詞が啓太の口から漏れた。

啓太の住まいはワンルームではあるが、三点式ユニットバスではなく、風呂とトイレが別になっていて、浴室には比較的余裕がある。

とうぜん、本家のゆったりした風呂場に比べれば、洗い場も湯船もまったくたいしたことはないのだが、それでも風呂に入ってくつろいだ気分になれる程度には、それなりにしっかりした作りのものになっていると言っていいだろう。

けれど今、啓太の風呂は、今までに感じたことがないくらいに、ひどく手狭になっていた。

「だって、そうしたいんだもん」

すぐ前にある陽向が振り向いて、しれっとそう言って笑ってくる。

そう。なんのことはない。陽向は今、啓太にくっついて、いっしょに風呂に入っているのである。

話が一段落したので、そのまま夕飯をいっしょに食べ、風呂に入って寝ようということになったのだが、そこでなにを思ったか、啓太が先に風呂に入ってのんびりしているところに、陽向が乱入してきたのだ。

「啓太兄ちゃんとお風呂は絶対いっしょにしたいもん。そこは変えたくないもの」

「まあ、理屈はわかるけど……」

「啓太兄ちゃんのことを男の人として好きになっても、啓太兄ちゃんを兄ちゃんとして好きな気持ちを捨てる気なんてないもの」

「そっか」

思わず苦笑してしまう。

昼間、里奈と話していた際の話題を思い出す。

里奈と交際していたとき、まさしくそこのところを失敗して、啓太と里奈は別れることになったわけだが……陽向は啓太たちがつまづいてしまったポイントを、無自覚なままですでにあっさりクリアしているということになる。

しかしこうなってくると、むしろ啓太としては困ったことになった。

本家より大幅に狭い啓太の家の湯船では、いっしょに入れば必然的に身体を密着せざるをえない状況になっている。

互いに向き合ってではなく、湯船の中に腰かけた啓太を椅子にするような姿勢で陽向が腰を下ろしてきている体勢だが、それでも腰に触れるお尻の柔らかさ、足に触れる陽向の太もものしなやかさは、どうやったところで無視することはできない。

しかも陽向が上機嫌に身体を揺すったりしてくるので……特にお尻のあたりが啓太の股間にぐりぐりと押しつけられるかたちになって、本当に勘弁してほしい。

そうして、だから……結局、啓太は耐えることができなかった。

「……あ」

なにかに気づいたようで、陽向が小さく声を漏らし、少し気まずいような表情で振り向き、啓太を見あげる。

「……啓太兄ちゃん、おっきくなってる」

「そりゃ……しかたないだろ。陽向ちゃんに裸でくっつかれたら、そうなるよ」

「そっか、そっかぁ」

啓太の言葉に陽向はむずがゆそうな、しかしどこかうれしそうな表情を見せる。

しかし意外にも、彼女はそれ以上なにもせず、視線を前に戻してしまった。

てっきりまたなにか誘惑してくるのかとも思ったが、先ほどの話し合いで、エッチなことをするのはもっと先のことだという話をしっかり覚えてくれていたようだ。

しかしそれはそれとして、陽向もどうやらエッチな気分になってきているらしく、もぞりもぞりと、ゆるやかに、もどかしそうに腰が揺れ動いてくる。

今までとは打って変わったしおらしい反応は、なんだかひどく新鮮だった。

（むう……）

むしろそんな陽向の姿に、抑えなければならない興奮の炎が大きくなっていく。

気持ちを落ちつかせて勃起を鎮めようとしても、むしろどんどん股間に集まる熱がのっぴきならないものになってくる。

「啓太兄ちゃんのち×ちん、めっちゃピクピクしてる」

どこか困惑したような声をかけられてしまった。

「なんか……ごめん」

つくづく自分が情けない。偉そうにものの道理を説いていながら、身体がこんな反応をしてしまっていれば、説得力もあったものではない。

「えっと、じゃあ……」

すこし考えたそぶりを見せたあと、陽向はどこかいたずらっぽい笑みを浮かべた。

「これで、試してみればいいんじゃないかな」

「……どういうこと？」

「今まで啓太兄ちゃん、あたしに誘惑されてばっかりだったじゃん。逆にさ、啓太兄ちゃんからあたしにエッチなことしてみて。いやな気分にならないか、実際にやって調べてみれば……啓太兄ちゃんが今、あたしのことを女の子としてどれくらい好きか、わかるんじゃないかな」

「とんでもない屁理屈《へりくつ》だな、おい」

「えへへ。そうかも」

自覚はあるらしく、半眼で呆れる啓太のツッコミに、陽向はぺろりと舌を出す。

本末転倒もいいところだ。その理屈で言えば、本格的に交際に踏みきるかどうかの判断をするため、啓太と陽向は定期的にセックスをしなくてはならないではないか。

(いや、でも、もう……それでもいいか……)

相手がただの女友達だったら、そんな手順は許されるものではないだろう。

けれど、陽向は家族だ。従妹なのだ。

恋人でないままセックスをしても、それで互いに許してしまえる関係なのだ。

「えへ。ねえ、啓太兄ちゃん、悪いこと、しちゃう?」

結局最後は、その小悪魔のささやきに誘われて……そして啓太は、彼女の小さな身体に手をかけるのだ。

5

「じゃあ、陽向ちゃん、こっち向いて」

ダメ元での提案だったが、どうやら啓太はやる気になってくれたらしい。

さっそくいつも以上に優しい声音で、陽向に指示が飛んできた。

（なんだろ、めちゃくちゃドキドキする……）

素直に彼の言葉に従いながら、陽向は内心、そんな自分の反応にとまどっていた。

自分でも今まで、啓太とはけっこう過激なことをしてきた自覚がある。

最初の川辺からしてそうだ。誰かがやってくるかもしれないのに、屋外でエッチなことをするなんていう……今思えば、そうとうに大胆な行為だった。

それからあとの映画館での誘惑や、バスでのエッチなこともそうだし……よくよく考えれば、まともな場所でエッチなことをしたことなんてほとんどない。

処女を捧げたあの晩だって、障子戸を閉めないままでやっていたから、下手をすれば誰かに見られていたり声を聞かれたりしてもおかしくない。だからじつは、完全にふたりきりの状況でエッチをするのは、これがはじめてなのだ。

だからだろうか、今までと比べてめちゃくちゃ平凡な状況でエッチをしているはずなのに、なんだかものすごくいけないことをしている気分になって、胸がひどく高鳴ってしまう。

(あたし、変になっちゃったかも……)

もっと言えば……陽向が提案した結果とはいえ、啓太が前向きな気持ちで陽向を性的に触るのも、これがはじめてだ。

今まではいつも陽向が、無理やりそういった行為をするようしむけていたので……そういう意味では、互いが互いを触り合うようなちゃんとしたエッチは、これまでしたことがなかったのだ。

今から啓太に触られ、彼に抱かれるのだと思うと……その実感に、頭と胸と、なにより子宮が熱を持って、きゅんきゅんしてしまう。

「キスしよう」

しばらく無言で見つめ合ったあと、啓太はゆっくりと口を開いた。

その宣言だけで、顔が火のついたように熱くなった。

「……うん」

先日の、初体験でされたディープキスを思い出してしまったのだ。

(なんでだろ……啓太兄ちゃんとチューなんて、何回もしているのに……)

あのときにしたキスは、まるで魔法のようだった。

今まで何回も子供じみたキスはしてきたけれど、それとはぜんぜん勝手が違う。はじめてのときもすごく痛かったのに、啓太にあのキスをされたら、あっという間に痛みが引いて、たちまちのうちに快感に呑みこまれてしまった。

あのときのドキドキをまた味わえるのだと思うと、それだけで胸がせつなくなってしまう。居ても立ってもいられなくなってしまう。

「んっ……」

いよいよ、ふたりの唇が重なった。

(あ……やば)

とたんに、まだ舌も重ね合わさっていないのに、腰くだけになりそうなくらいの甘い気持ちが胸にあふれ、意識が瞬間的にゆだってしまう。

そのままだと倒れてしまいそうな気がして……だから陽向は啓太の首に腕をまわし、彼にすがりつくように抱きついた。

「ん、あう、んん……っ」

けれど、それはむしろ失策だった。

ふくらみかけの陽向の胸と、分厚く男らしい啓太の胸板が密着する。

夜虫や蛙《かえる》の鳴き声もなく、ひどく静かなせいだろうか、触れ合った肌から、とくん、とくんと啓太の心臓の鼓動がものすごくはっきりと聞こえてしまう。

めちゃくちゃ恥ずかしい。

啓太の鼓動がこんなにはっきりわかるということは、きっと自分のドキドキも、これ以上ないくらいに彼に伝わっているということだ。

「ん……陽向ちゃん」

「あ、んんんっ!?」

そして最高で最悪で最強に素敵なタイミングで、啓太は舌を潜りこませてきた。

（ふあぁ……）

頭の奥底のほうが、一瞬で真っ白になった。

思考能力が根こそぎ奪われて、前もうしろもわからなくなる。

でも、もう逃げることもできない。

啓太にがっしりと抱きしめられて、身じろぎも満足にできなくなっている。

そうして逃げ場を完全に奪ったうえで、啓太の柔らかい舌が陽向の口の中をまさぐりまわしている。

まるで脳そのものに直接舌が挿しこまれ、ぐちょぐちょにかきまわされているかのようで……キスをしているだけなのに、身体全体が溶けてしまいそうな多幸感がある。

「あう、あ、あ……ん……」

(あ……あたし、あたしのあそこ……濡れてる)

自分でも本当にわけがわからないのだけど……そんな中で、なぜだか自分のおま×こがどうなってるかだけは、ものすごく鮮明にわかった。

めちゃくちゃに興奮してしまって、めいっぱいまでクリトリスが充血して熱くなっている。触れていないのにその突起がぴくぴくと脈動しているのがわかる。

膣口ももどかしげにひくついて……なんの愛撫もされていないのに、スジ状のその入口からどろりと粘度の高い愛液をおもらししてしまっている。

(あう、あ……これ、やば……)

強烈な羞恥を感じて、全身が火のように熱い。

だって今、啓太と陽向が全身で浸かっているお湯に、陽向のあそこから漏れ出た愛液が混ざっていってしまっているのだ。

つまりそれは、啓太の全身に、愛液を……陽向のエッチで恥ずかしいおつゆを浴びせかけているのとたいして違わない状況ではないか。

「陽向ちゃん」

陽向の全身が熱くなったのを感じて、どうやら頃合と判断したらしい。

優しく慎重な手つきで、啓太はその大きな指先を陽向の胸もとに這わせてきた。

（あ……やば）

乳首も勃起して、今やクリトリスと大差ないほど敏感なに性感帯になっている。

そっと先端をくすぐるように触れられて、陽向はとたんに感きわまった。

「あ、あう、んぁっ、んぁあっ、だめ、だめえっ」

興奮しきった陽向の身体は、そんなわずかな触れ合いでも、大げさに思えるほどに反応してしまう。

自分でもびっくりするくらい、はしたなく甘い喘ぎ声が漏れてしまった。

「ふあぁ、あう、あっ」

しかし、まだ啓太は、本格的に陽向を感じさせるつもりはないらしい。

どうやら乳首への責めを、そのまま継続してくれる気はないようで……先端はたまにちょんと触るくらいで、乳輪のまわりを、触れるか触れないかくらいのほんのわずかな接触を維持したまま、くりくりとくすぐっている。

「やっ、それ、なんか、やば、びりびり、するぅ」

「気持ちいいだろ」

「き、気持ちいいけど、あう、んんっ」

それ以上にもどかしくてたまらない。

たまに指先が乳首に触れるたびに、びりびりと甘い電流が走り、それはたしかにとんでもなく心地よくはあるけれど、おま×こに与えられる刺激ではないからだろうか、ひどくせつないようにも感じてしまう。

気持ちいいのに、幸せなのに、なのにいちばん欲しいものだけが与えられない物足りなさがどんどんいや増してきて、せつなさがどんどんふくれあがる。

本当だったら手を使ってめちゃくちゃに自分を慰めたいところだけれど、湯船の中の不安定な体勢では、ちょっとおっかなくて、啓太にすがりついて倒れないようにするので精いっぱいだ。

「け、啓太、兄ちゃぁん」

「うん、どうした？」

せつなそうに訴えても、彼だってわかっているはずなのに、とぼけて首をかしげるだけだ。

「あう、う、い、いじわるぅ」

「今までさんざん振りまわされたからな。このくらいは仕返しさせてくれよ」

「うう、んん。あ、あっ、あう、あっ」

それを言われてしまうと、なにも言い返すことなんてできない。

陽向に許されるのは、早く啓太の気がすんで、次の段階に進んでくれるのをじっと我慢して待つことだけだ。

「あ、あっ、あう、あ、んぁあっ」

ここぞとばかりにくり出される啓太の手つきはひたすらいじわるだ。

乳輪のまわりをなぞるように、くりくりとくすぐっている。

お尻も、もみしだくようなことはせず、まるみを確かめるように撫でまわしている。

鼠蹊部のパンティラインをじっくり焦らすように指先でなぞって、腰まわりの造形をねちっこく堪能されたりもする。

「はう、あ、あぁ……」

そんな手つきのひとつひとつが、陽向をどろどろに溶かしていく。

全身をくまなく探られ、暴かれているような感覚があって……なんだか啓太の前で、啓太の手によって、魂までもがまる裸にされているようだ。

「け、啓太兄ちゃん、啓太兄ちゃあん……お願いだよぉ……ん、あ、あう、ああっ」

どうにかなりそうだ。

頭の芯までゆだってしまって、もうどうすればいいかわからない。

ただただ、わけのわからないまま、彼を呼び求めることしかできない。

幸せなのにせつなくて、気持ちいいのに物足りなくて、そんな感情と感覚の奔流に頭がオーバーヒートしてしまって……陽向はなにがなんだかわからなくなって、ぼろぼろと涙をこぼしはじめてしまった。

「あう、うう、うう、んんっ、あ、あっ、あっ」

……そして、やがてそんな中で、限界がやってくる。

おま×こすらまだぜんぜん触ってもらってないのに、腹の奥のせつなさが、アラームを鳴らしはじめた。

「あ、あっ、あたし、んぁっ、もう、あ、ああっ、やば、んんっ」

エッチな熱の塊がどんどんふくれあがる。

ぎゅっと身体がこわばってしまう。

きゅんきゅんと心臓のいちばん奥がせつなくなって、息苦しい。

きゅんきゅんとおま×こが収縮して、そのたびに新しい愛液が垂れ流される。

もう、制御なんて利きようがない。

メルトダウン寸前の快楽が、子宮のど真ん中で暴れまわり、陽向を自分自身で追いこんでしまう。

(あ、あ、あ、だめ、だめ、だめ、だめ……)

待ち望んでいたはずの絶頂の予感を、陽向は激しく拒否しようとする。

だって、まだ啓太のおち×ちんをもらっていない。

啓太のことをぜんぜん気持ちよくできてない。

だからこんなの、セックスではない。その入口にも立てていない幼稚な触り合いっこでしかない。

「だめ、だめっ、らめ、ああっ、らめえっ」

なのに、啓太の指は止まってくれない。せつなげに訴えても、どんどん快感は最後の瞬間に向かって全力疾走してしまう。

熱い。せつない。気持ちいい。でも、だめだ。こんなの、いやだ。いやだ。いやだ。

「……い、イクっ、イク、イクっ」

そして、とうとう頂上寸前まで押しあげられてしまった陽向は、訴えるようにそう叫んで……しかし、そこでまた、すべてを裏切られた。

「……え」

本当にあとわずかに、もう一秒でも愛撫をつづけられればイッてしまうというその瞬間に、啓太の愛撫が、ぱたりとやんでしまったのである。

「な、なんで、なんでぇ……」

理不尽の連続に、駄々っ子のようになって陽向は泣きじゃくった。

さっきまであんなに絶頂するのがいやだったのに、いざそれを、こんな間際になって寸止めされると、それはそれでせつなくてたまらない。

どうしてほしかったかもわからないまま、まるで赤ん坊のイヤイヤ期のように、陽向は力の入らない拳でぽかぽかと啓太を殴った。

「い、イカせて、よぉ……いじわる、啓太兄ちゃんのいじわるぅ」

「悪い、悪い。ちょっといじわるしすぎたか」

幼児退行した陽向の頭を、なだめるようにやさしく撫でながら、啓太は心ばかりのお詫《わ》びと言わんばかりに、そっと陽向のおでこにキスをしてきた。

それはきっと、いじわるはここまでという合図である。

「そろそろのぼせそうだ……風呂から出て、ベッドに行こう」

限界近くまで来ていた陽向は、その優しい台詞だけでイキそうになった。

だってこれからは、本当の恋人の時間だということなのだから。

6

あまりに焦らしつづけられた結果、腰が抜けてしまってまともに動けなくなっていたので、陽向は啓太に抱きかかえられるかたちで風呂から上がることになった。

念願の生まれてはじめてのお姫様だっこなのだが、心も身体も昂りすぎてオーバーヒートしている状態なので、それを堪能しているような余裕は、今の陽向にはない。

「あう、うう……」

大雑把に啓太に身体をタオルで拭かれ、ベッドに横たえられる段階になってもなお、陽向はまだ腰くだけのままだった。

ほとんど介護されているような状態のために啓太もかなり手間取ったようで、風呂から上がってからベッドに運ばれるまで、おおよそ五分くらいの時間を要しているはずなのだが、陽向の身体はまだ絶頂寸前の状態を保っている。

たぶん、身体のキャパシティを超えた刺激を延々与えられたせいで、身体中がばかになってしまっているのだ。

「啓太兄ちゃん……」

「ああ、待たせちゃったな。ごめんな」

たいしてすまなさそうでもない表情でそう言いながら、啓太はベッドに横たえられた陽向の上にのしかかってくる。

だが……いったいなんのつもりか、啓太がとった体勢は、陽向の期待とは大きくかけ離れたものだった。

てっきり啓太の男性器をあてがってくれるものだと思っていたのだが、彼はそうせず、陽向の股ぐらに顔をよせてきたのである。

「へ……な、なにするの？」

「前にフェラチオしてくれただろ。そのお返し」

「……フェラチオって、なあに？」

「俺のち×こ、口で舐めてくれたろ。あれ、フェラチオって言うんだよ」

そうなんだ、とふやけた頭でなんとなく相槌《あいづち》を打って……しかし陽向は、すぐに啓太の言わんとしていることに気がついて、はたと我に返った。

「ま、まって、そんなの汚いじゃん……っ」

「前に陽向ちゃんだってやってくれたじゃんか」

そうだけど、それだけではない。

だってもう、陽向は今、限界なのだ。

お風呂でしたキスと愛撫で、もう身体中が敏感になってしまっているのだ。

おま×こなんかは特にひどくて、今や陽向のそこは、愛液でどろどろのぐちょぐちょになっている。そんなところをじっくり間近に観察されて、しかも舐められたりしたら、本当に恥ずかしさで死んでしまう。

それになにより……啓太に今、そんな感じで、これまででいちばんエッチになってしまっているおま×こを舐められたら……そんなの、絶対にイッてしまう。

(やだ、やだ、そんなの……せっかく啓太兄ちゃんとエッチできるのに！)

どうせだったら、啓太のおち×ちんで気持ちよくしてほしい。

前の初体験のときには、最後にはエッチどころじゃない雰囲気になってしまって、セックスの感覚をきちんとかみしめることができなかった。

だから、こんどこそは、ちゃんと啓太との、本当のセックスを味わいたい。

ちゃんとおま×こで、啓太のおち×ちんの形とか、熱さとか、気持ちよさを、心ゆくまで、しっかりと、心に刻みつけたい。

だというのに……こんなときに限って、いつも優しいはずの啓太はいじわるるだ。

「……ちゅっ」

「ふぁあっ!?」

陽向の希望を完全に無視して、無毛の膣口にキスをされて……その瞬間に、陽向はもう本当にだめになった。

全身に強烈な電流が走る。

わけのわからない衝撃がかけめぐって、身体が盛大にのけぞる。

息もできず、なんの言葉も吐くことができず、口をパクパクさせて、声にならない絶叫をほとばしらせる。

「あ、あっ、ひ、あっ、んぁっ、ああっ、んあああぁっ」

びく、びくびくびくっ、びくんっ
(あ……なに、これ。なに……あたまが、ふわぁって……)

一瞬、その感覚が絶頂だとは、陽向はわからなかった。

オナニーを毎日のようにしている陽向は、それなりに自分自身でクリトリスや外陰部の開発をしてしまっているから、とうぜん絶頂の感覚も知っている。

けれど、今のこれは違う。こんな、意識まで刈り取られそうになるようなとんでもない感覚は、今まで味わったことがない。

(なに、なんで、なんで、こんな、なに、このすごいの!?)

さんざん興奮して、焦らされたからか。

それとも、おま×こにキスされるというシチュエーションに、陽向の気持ちが必要以上にざわついてしまっているからか。

わからない。なにもかもわからない。

わけのわからないまま、陽向は全身をかけずりまわるその圧倒的な感覚に悶え、のたうちまわることしかできなかった。

「あう、ん、あう、あっ、い、イッてる、イッてる、んぁあっ」

しかも啓太は、絶対に陽向がもうイッているのをわかっているはずなのに、キスをするのをやめてはくれない。

それどころか、唇を秘唇に触れ合わせるだけでは飽き足らず、ディープキスのときのように、舌を使ってめちゃくちゃに陽向を舐めまわすのだ。

「あう、あっ、ああっ、そんな、とこ、んんぁああっ」

ぞろりぞろりと、舌を上下に動かし、膣口の下から上まで何回も舐めあげられる。

ふだんはぴっちり閉じきっている陽向の陰唇は今や快感にふやけ、だらしなく口を開けてしまっている。そこに啓太はすかさず舌先を挿しこんで、愛液に濡れそぼった小陰唇の粘膜を、くまなく味わいつくしている。

「あ、あう、あ……そ、そんな、そんなとこ、やめてよぉっ」

そんな懇願の言葉ばかりが口を突いて出てくるが、彼女の幼い身体はむしろ歓喜し、啓太の虜になっていくのが、自分でもはっきりわかった。

イッたばかりの秘肉が、啓太を求めて活発に蠢いてしまう。

腰が勝手に動いて、啓太のキスをもっとおねだりするみたいになってしまう。

「あう、あ、あっ、あっ、ん、あっ」

イッたばかりなのに、余韻にひたる暇などない。ねちっこい舌遣いに快感の熱は引くことも許されず、むしろ最初の絶頂のときよりどんどんおま×こが熱くなる。

「ん……ちゅっ」

「ひ、あ、ああっ!?」

しかも……ただでさえ気が狂いそうなくらい気持ちいいのに、恐ろしいことに、さらにえげつない責めが来た。

ちゅ、ちゅ、ちゅと、啓太が口づけを、痛くなるほどに腫れあがったクリトリスに繰り返すのだ。

しかも軽くキスをするだけではなく、唇を密着させ、あるいはひくつく陰核に舌を這わせ、間断なく、まったく規則性のない刺激で性感帯を苛んでくる。

「あ、う、あ、あっ、あっ、ああ……っ」

これは無理だ。だめだ。

こんなの耐えられない。

「いっ、イクっ、い、あっ、イク、イクイク、あぁぁっ！」

びくん、びく、びく、びくびくっ。

今度はひどくあっけなく、陽向は二度目の絶頂を強いられてしまった。

「……へ。あ、やう、あう、あ、んぁっ、あああっ、だめ、だめえっ！」

しかも……もう二度目なのに、彼だって陽向がまたイッているのはわかっているはずなのに、啓太はまだまだ舌の動きをやめてくれる様子はない。

ちゅうちゅうと、絶頂で大きく赤く腫れたクリトリスに吸いつくようなキスをくり返し、完全に前後不覚になった陽向を、さらに快楽という媚薬に漬けこんでいく。

「あう、あ、あっ、んぁあ、あああっ」

イッているのに、まだ気持ちよさが増してくる。

いちばん気持ちよくなっているはずなのに、もっと気持ちよくなってしまう。

わけがわからない。意味がわからない。理不尽だ。

たぶん、身も心も壊れてしまったのだ。

啓太に壊されてしまったのだ。

啓太に好き勝手にされ、身も心も、彼のおもちゃにされてしまっているのだ。

「あひ、あ、あう、あ、んっ、う、あう、あ、あっ」

まだまだ、啓太のいじわるな責めは終わらない。

ふいに、ぬるりとした奇妙な感覚が、陽向のおま×こに入りこんできた。

「あ……ひっ⁉」

突如として、火がつくほどに熱くとろけた陽向の絶頂ま×こに、生ぬるい感触が入りこんできて、陽向はびくんっと背中をのけぞらせてしまった。

ここに来てようやく、啓太はその舌先を、陽向に挿入してきたのだ。

「あ、やう、あ、あっ、あっ、あっ」

それは明らかにおち×ちんではないのに、その感触はまるでおち×ちんみたいに、陽向のおま×こをじっくりねっとり抜き挿しして蹂躙する。

今までずっと望んでいたものと似て非なるその感触に、ゆだった脳が混乱する。

(あう、ああ、あぁ……やだ、やだ……)

ひどい。こんなのってない。だって、めちゃくちゃ恥ずかしい。

だって今、陽向はイッているのだ。

今、陽向のおま×こは絶頂して、ひくひくして、愛液がどろどろになるほどあふれてきてしまっているのだ。

その場所を味わわれている。おま×この粘膜の動きのひとつひとつを、膣ヒダから愛液がにじみ出ている様子を、その味を、においを、ぜんぶ啓太に堪能されている。

これだけかわいがられているのに、女の子としての尊厳を根こそぎ否定されたような気分だ。

(あぁ……もう、いいや……)

気持ちよくて、ものすごくて、どうしていいかわからなくて、とにかく激しい感覚の嵐に……だからもう陽向は、耐えられなくなった。

もう、がんばれない。なにも考えられない。そんな気力など、どこにもない。

だからもう、あきらめよう。

これからは啓太に逆らわず、彼を受け入れてしまえば、多少はこのつらさやせつなさもましにはなってくれるはず。

そして……けれど結局、それが、さらに陽向を追いつめることになってしまった。

「あっ……あ、あっ、あっ……え、う、うそっ、やだ、やだぁっ」

身体の力が抜けてしまった結果、どうやら尿道もゆるんでしまったらしい。

身体を弛緩《しかん》させたとたん、ぷし、ぷしと、啓太が口をつけている秘部から、愛液とはまったく違う、さらさらとした液体が噴き出してしまったのだ。

「ん……んっ⁉」

さすがに啓太も驚いたようで、驚いて少し顔を離してくれたが、けれど陽向の粗相は止まらない。結果として陽向は、啓太の本当に目の前で、おま×こから恥ずかしい液体をぴゅ、ぴゅと噴き出すさまを、彼に見せつける格好となってしまった。

(あ、あっ、あっ、やだ、やだっ)

羞恥で脳が一気に沸騰するが、絶頂でばかになっている身体は、そんな度しがたいシチュエーションすらも、最高のオカズにして興奮を燃えあがらせてしまう。

そして、だからこれが、本当に最後のひと押しだ。

「だめ、また、またイッちゃう。イク、イク、い、ふぁああっ!」

びく、びくびく、びくんっ!

背中が弓なりにのけぞる。ぶしゅとさらに大量の潮が噴き出してしまう。

愛撫だけで、じつに三度目の絶頂である。

残酷にもふたたび駆けあがってきた絶頂感に悶え泣きつつ、陽向はただただ感きわまって嬌声をあげ、悶え泣くばかりだった。

7

「はふ、あう、うぅ……」

さんざんイカされまくって、はしたなくおもらしをしまくって、シーツをびしょびしょにしたあと、ようやく陽向は啓太から解放された。

もう、陽向は身じろぎすることすらできない。

自らの体液で染みてじっとりと冷たくなったシーツに力なく身体を横たえつつ、ぼんやりと焦点の定まらない視線を天井に向けて、何度も何度も荒い呼吸をくり返す。

呼吸を整えようとしても、ぜんぜんうまくいかなくて、鼓動も早鐘のように高鳴ったまま、まったくおさまる気配がない。

愛撫から解放され、今はなんにも触れられていないのに、絶頂の余韻だけで身体が気持ちよくなって、また絶頂してしまいそうなくらいだ。

「あう、あ、はう、はぁ、はぁ……」

「……よし。そろそろいいかな」

「……へ？」

意気揚々と、まるで準備万端といった感じで啓太が陽向にのしかかってきて……陽向は呆然となってしまった。

あれだけイカされたのに、もう体力も気持ちもなにもかもが限界なのに、まだ啓太は陽向にエッチなことをしようというのか。

でも、考えてみればたしかにそうだ。

陽向は終始啓太にいじくりまわされるばかりで、彼のことをまったく気持ちよくできていない。彼が満足していないのは、とうぜんのことではないか。

(け、啓太兄ちゃん、本気出したら、こんなにすごいんだ……)

陽向は、これまで自分がどれほど啓太に遠慮されていたかを思い知った。

そういえば今まで陽向のほうから甘えるかたちでエッチなことをするばかりで、啓太は多少反撃することはあっても基本的には受け身に終始することがほとんどだった。

だから正直、陽向は啓太のことを無自覚に多少舐めていたというか、彼が本気で情欲をぶつけたらどうなるか、いまひとつ想像がついていなかったのだ。

自分から誘惑したのに……みたいな悔しさは、あまり感じなかった。

むしろ奇妙な期待感が、子宮からねっとりした熱を帯びて湧きあがってくる。

だって、愛撫だけであんなに気持ちよかったのだ。

もしセックスしたら、自分はどうなってしまうか……ぜんぜん想像がつかない。

ただ、ひとつだけ確信がある。

これ以上気持ちよくて激しいのにさらされたら、本当に陽向は壊れてしまう。

そうして、今度こそ陽向の身体は、徹底して啓太のものになるのだ。

「……あ」

そしていよいよ、彼の勃起が、そっと陽向の股ぐらに押しつけられた。

「あ……あぁ……」

啓太のペニスは、ものすごく熱かった。

これまでも何度か啓太の勃起には触れさせてもらったことはあるが、これまで触ったどれよりも、今の彼の剛直の存在感はすさまじい。

まるで病に侵されているかのように熱いだけではなく、どくん、どくんとその肉竿が脈動している感じ、海綿体の中に流れる血液のぐあいまで、はっきりとわかる。

「ふあぁ……」

脳内がピンク一色になってしまった。

まるで催眠術でもかけられたかのように、啓太の欲望に感染して、陽向もふたたび強制的に発情してしまう。

また、おま×こがピクピクしてしまう。愛液でじゅんと濡れてしまう。

おち×ちんを、入れてほしいと思ってしまう。

その大人サイズで、ぐちゃぐちゃにして、気持ちよくしてほしいと願ってしまう。

ひとりでに腰がくねくねと動いて、啓太を誘惑するような動きをしてしまう。

「いくよ」

宣言とともに……とうとう、そんな陽向の欲求に応えるように、ゆっくり、ゆっくりと、啓太の生殖器が、陽向の聖域に潜りこんできた。

「あ、あ、あぁ……んぁっ」

無理のある体格差にもかかわらず、初体験のときのような抵抗感はなく、すんなりと啓太のものは陽向の膣の中に呑みこまれていく。

やはり処女膜がもうないというのが大きいのだろうが……しかしそれは、挿入の感覚のすさまじさが軽減されたことを意味しない。むしろ破瓜の痛みに苦しむ心配がないだけ、肉棒の形や、感触や、熱さが、純粋に陽向の膣粘膜に伝わってくる。

(あ、あ……すごい、すごい、すごいすごいすごいっ)

それがすごくエッチで、気持ちよくて、だから陽向は、一気に意識のすべてが歓喜で塗りつぶされた。

きゅんきゅんと膣が歓喜に蠢き、啓太の剛直を健気に締めつけてしまう。

そうして粘膜どうしの密着がより増して、啓太に今かわいがられているのだという実感で、陽向の気持ちが多幸感の渦に呑みこまれてしまう。

（あぁ……）

これがセックスなんだ、と思った。

きちんとしたセックスははじめてなのに、なぜだかとても懐かしいような、しっくりくる感覚がある。

とうぜん陽向のおま×こは、まだまだ体格的に未成熟だから、啓太のサイズをぜんぶ呑みこむには少々無理がある。まだまともに啓太は動いていないのに、おま×こがパンパンになってしまっていて、息苦しいほどの圧迫感を覚えてしまう。

なのに、けれど……いざ啓太に挿入されて、陽向は実感したのだ。

自分の身体は、自分のおま×こは、啓太に抱かれるためのものなのだ。

自分はきっと、啓太とこうするために生まれてきたのだ。

彼の従妹に生まれたのも、女として生まれたのも、きっとこのためなのだ。

「啓太兄ちゃん……」

せつなげに呼ぶその声に触発されたように、啓太はいよいよ腰を動かしはじめた。

にちゅ、にちゅと粘っこい水音がからまりながら、膣の奥底がほじくりまわされる。

「ふぁ。あ、あっ」

ただでさえ酔っぱらうくらいに多幸感まみれになっていたのに、その感覚がさらに濃厚になって、全身を駆けめぐる。

頭のてっぺんから髪の先、足の先のひとつひとつの細胞までピンク一色になって、もたらされる甘く激しく熱く情熱的な感覚に、陽向はただただ悶え泣いた。

「あう、あ、あっ、あっ、んん、あう、あっ、啓太兄ちゃん、啓太、にいちゃんっ」

「気持ちいい?」

「あ。んっ、わ、わかんな、あう、あっ、あ、あっ」

うそだ。めちゃくちゃ気持ちいい。

これが気持ちよくないわけがない。

けれど、それ以上に幸せで、なにもかもが衝撃的で、陽向はどう答えればよいか、わからなくなってしまう。

だって、本当にすごいのだ。

ふくれあがった肉竿が、イキまくって敏感になった膣粘膜を、ひたすら激しくねちっこく撫でまわしている。

ぶわりとふくれあがったカリ首が、愛液にまみれた膣ヒダをこりこりとひっかきまわす。

そのたびに次から次へとあふれる愛液がかきまわされ、啓太の先走りと混じり合って、この世でいちばんエッチな液体になって、外へとかき出されて、陽向と啓太の股ぐらをどろどろにコーティングしていく。

そんな感覚がもう、どれもこれも極上で、また身体がゆるんだのか、ぷし、ぷしと啓太の抽挿に合わせて、恥ずかしい液体がおま×こから噴き出してしまう。

「はぅ、あぁぁ……」

天国とは、きっとこういうものなのだろう。

もう、陽向はイキっぱなしになっている。

けれど、今やそれすらもはっきり認識することができず、大きな大きな多幸感に呑みこまれて、恍惚《こうこつ》と溺れるばかりだ。

「くぅ……陽向ちゃんっ」

だからそんな快感の嵐のなか、状況に変化をもたらすのは、もっぱら啓太である。

陽向の花園をずこずこと抜き挿ししている啓太のものが……ただでさえ熱かった彼の肉棒が、さらに熱くなっていく。

もうすでに陽向の中をパンパンにふくらませていたのに、限界までふくれて、反り返って陽向を蹂躙していたのに……その直径もさらに大きくなる。

（あん、あん、はぁ、あは、啓太兄ちゃん……気持ちよくなってくれて、あぁ……）

荒れ狂う感覚の中で確信する。

間違いない。啓太は今、そろそろ絶頂して、射精しそうになっているのだ。

もうなにがなんだかわからなくて、真っ白になった意識の中で、その予感だけが今、陽向が感じられる唯一のリアルだ。

うれしくてたまらない。

だって陽向が、陽向の身体が、啓太を気持ちよくできているということだから。

陽向も啓太で気持ちよくなって、啓太も陽向で気持ちよくなって……そんな世界一の幸せな永久機関ができているってことだから。

「あう、あう、啓太兄ちゃん、啓太兄ちゃんっ」

ただ、彼を求めた。力の入らぬ腕で彼にすがり、抱きついた。

そうして少しでも密着を深めて、彼を感じたい。

「あう、あ、んんんっ、あ、あっ、あっ、んんっ」

「くう、うっ……も、もう、だめだっ」

幸せで、熱くて、甘くて、気持ちよくて……だから今、陽向を包みこむのは、本当に優しさだけの世界だ。

だから……こんなに激しいセックスなのに、本当に意識が飛んでしまいそうなのに、最後の瞬間だけは、ひどく穏やかな気持ちで迎えることになるのである。

「う、あぁぁ……っ、出る……っ」

「あ、ん、あっ、うん、うんっ、いいよ、ちょうだい、啓太兄ちゃんの精液っ、ちょうだいっ、んあっ、ああっ、ふあああぁぁっ」

どく、どく、どく、どくっ。

びく、びくびくっ、びくんっ。

完全に、同時に絶頂を迎える。

感きわまったような声をあげて啓太がのけぞり、精巣の奥で煮つまりに煮つまった精液が、同じく絶頂に悶え狂っている陽向の身体のいちばん奥に吐き出された。

(あ……っ。すごい……すごい、すごいよぉ……っ)

啓太のペニスが、肉のポンプみたいにどくどくと脈動しているのがわかる。

そうやって、ひたむきに、一生懸命に、まだ初潮を迎えていない陽向を孕ませようとしているのがわかる。

彼の欲望が、彼の性欲の塊が、子宮口にへばりつき、じゅわっと音を立てて、子宮に染みこんでくるのがわかる。

甘い思いが、子宮口に伝播《でんぱ》する。

だから、完全に無意識に陽向の身体はそれを受け止めてしまって、くぽくぽと子宮口を開閉し、彼の鈴口にちゅうちゅうとキスをして、彼の気持ちを呑みこんでいく。

「うぁ、あっ、陽向ちゃんの中、吸いついて、くぁ、ああっ」

射精のタイミングでようやく啓太が見せた余裕のない表情に、荒れ狂う絶頂感の中で、彼に対する愛おしさが爆発する。

「あぁ……啓太兄ちゃん……啓太兄ちゃん、大好きっ」

息も絶えだえになりながら、なんとか力を振りしぼり、陽向は啓太に抱きつく。

この瞬間だけは、彼と離ればなれになりたくない。

もう視界が真っ白になって、なにもわからないくらいだけれど、それでも彼のことだけは感じていたい。きっと彼も同じなのだろう。あたたかい彼の腕が、ぎゅっと陽向を包みこんでくれる。

「あぁ……」

陽向は絶頂の感覚をずっとずっとかみしめつづけた。

8

「くぅ、うう、はぁ……」

射精して、身体じゅうのすべての熱を吐き出して……数十分ぶりに、啓太はようやく正気に返った。

(うわ……やば)

絶頂の余韻でぼんやりかすんだ意識のなか、彼自身に組みしかれ、度重なる絶頂でへとへとになった陽向のありさまを見て、この期に及んで啓太はそんな感想を抱いた。

陽向は今、啓太にのしかかられて、文字どおりのぼろぼろになっていた。

髪は乱れ、小さな身体はあちこちが生くさい体液にまみれ、死んだ蛙のように不格好に股を開き、ときおり、びく、びくと全身を小さく痙攣させている。

けれど、不思議と今までの行為で感じていたような後悔は、まったくない。

むしろ啓太自身の意志で陽向を手にかけたぶん、行為としてはこれまでよりずっと質《たち》が悪いはずなのに、むしろなんだか、やるべきことをやりきった達成感のような、奇妙に清々しい気分すら抱いていた。

完全に、陽向の一途さにほだされた結果だ。

(女の子ってのはしたたかだよな、ホント……)

あらためて、従妹の少女の顔を見る。

身体のほうはレイプでもされたかのようなありさまになっているのに、その顔はなんとも幸せそうで、抱きしめたくなるくらいに愛らしい。

なんとなく眺めるだけではもったいないような気がして、その頬を撫でて愛でたあと、啓太は挿入を解くことにした。

「ん、あ……あれ?」

どうやら陽向はあまりの快感に、気を失ってしまっていたらしい。膣内でペニスが動く感触で息を吹き返したようで、寝ぼけたような幼げな視線が啓太を見る。

「……抜いちゃうの?」

まるで寝起きのように舌っ足らずな口ぶりで、陽向は残念そうに尋ねてきた。

「ああ。陽向ちゃんも重いでしょ」

幼子のような陽向のふるまいに、そんな小さな子をイキまくらせたという事実をあらためて突きつけられて、危うくまた男根が本気の勃起をしてしまいそうになったが

……さすがにこの陽向の憔悴《しょうすい》ぶりでは、もう一回戦をするわけにはいかない。

未練がましい陽向の視線を感じながら、啓太はゆっくり結合を解いていく。

「ん、あう……はぁ……」

まだ甘く勃起を維持したカリ首に、陽向の膣肉が「まだ出ていかないで」とでも言うように吸いついてきて、それもまた、たまらないほど気持ちいい。

ペニスを引き抜こうとしているだけなのに、輸精管や尿道にまだかろうじて残っていた精液が、ぴゅ、ぴゅと鈴口からまた漏れ出てしまった。

しかしそれでも、やがて最後のときはやってくる。

とうとう啓太の先端が、膣口から離れた。

大きく息を吐きながら啓太は身体を離し、陽向のその場所をまじまじと眺めた。

(エロ……)

陽向のおま×このたたずまいは、びっくりするほど官能的になっていた。

ふだんは紙一枚通さないほどぴったりと閉まって、一本スジになっている入口は、啓太との激しいセックスでくぱりと開いて、ピンク色の中をさらけ出している。

クリトリスも小陰唇も、そのすべてがまったく大人を感じさせない薄いピンク色だというのに、一方で全体が艶めかしい愛液で濡れそぼっていて、絶頂の余韻がまだおさまらないらしく、ひくん、ひくんと断続的に蠢いている。

さらにはそのひくつきに合わせ、啓太の吐き出した精液が逆流し、ごぽり、ごぽりと膣口からあふれ出したりしていて……そんな陽向の姿ひとつひとつに、いちいち釘づけになってしまう。

挿入前にクンニリングスをしたので、陽向のそこは、すでに一度しっかり見ていたはずなのだが、射精を経て、ある程度冷静になった思考であらためて眺めてみると、なんとも奇妙な気分になる。

幼げなたたずまいと、それとはまったく相反した色気をまとったふるまいのコントラストは、やはりどうにも現実感が薄い。あれだけ激しいセックスを経た今となっても、夢の中の出来事のように感じてしまう。

「気持ちよかったぁ……」

「そうだな」

そう言い合って笑い合う。

不思議なものである。心底充実したような陽向の呟きに、今や啓太は、ごくごく自然に、優しい笑みを向けてそううなずくことができている。

ただそれでも……つづけて、まだ力の入らない身体をよたよたと動かす陽向には、さすがに啓太もびっくりしてしまった。

「ん、よい、っしょ」

「お、おい、陽向ちゃんっ!?」

「やあだ、逃げないで」

「……とは言っても」

啓太は思わず困惑顔をしてしまう。

なにせ陽向は、あぐらをかいていた啓太の膝にくっついてきて、まだ勃起を維持していた彼の男性器を、ぺろぺろと舐めてきたのだ。

啓太の精液と、陽向自身の愛液でどろどろに汚れきった彼の男性器をである。

前にバスの中でも同じような体勢で陽向に口唇奉仕をされたことがあるが、まだ中学生にもなっていないのに、フェラチオに対する抵抗がなさすぎではないだろうか。

「汚いだろ」

「汚くないもん」

やや引きぎみに言う啓太の台詞に、しかし陽向は「そんなわけないじゃない」ときっぱり反論してきた。

「あたしをめちゃくちゃ気持ちよくしてくれたとこなんだよ。大好きになるに決まってるじゃん」

言っていること自体は、なんとなく理解できる。

なにせ精液を逆流させていた陽向のおま×こを眺めていて、啓太も少なからずそう考えてしまったところがある。

けれど、もし逆の立場になって考えてみると……たとえば陽向の愛液はともかく、自分の精液にまみれているおま×こを舐めるのはけっこう勇気がいるというか、少なくても啓太は無理だ。

ちょっと、くやしい。

ここでも陽向の覚悟の差を見せつけられたような気がする。

こと恋路においては、啓太よりも陽向のほうが、ずっとずっと先に行ってしまっている。しかも彼女はそれで満足することなく、子供ならではの無邪気さすら武器にして、全身全霊でさらにその気持ちをもっと高めていこうとしている。

いつか啓太の気持ちが、彼女の気持ちに釣り合う日が来ることはあるのだろうか。

これは、うかうかしていられない。

「ん、れる、ん、ん……ちゅ、れろ、れろ……」

「って、おい、いくらなんでも熱心すぎ……うあっ!?」

いつのまにか、なんだかフェラをしている陽向の様子がおかしなことになっていた。

どうやらやっているうちに気分がどんどん乗っていってしまったらしく、舌遣いがどんどんエッチになって、亀頭や裏スジ、さらには玉袋にいたるまで、ひどくねちっこく情熱的に、むしゃぶりつくように刺激している。

「ん、あ、あ……ああ……啓太兄ちゃんのち×ちん、好き、ん、おいし、あぁ……ドキドキ、するよぉ……んんん、おまた、あ、んん、じんじんして」

しかもそのうえ、あろうことか、そんなことをうわごとみたいに呟きながら、陽向は自分で股ぐらを慰めはじめたではないか。

「ま、待て、さすがにタンマ！」

たまらなくなって陽向を股間から引きはがし、そのまま抱きかかえて彼女の上体を起こさせたのだが……もう時すでに遅しだ。

「あ……あは、啓太兄ちゃんのち×ちん、またおっきくなったぁ」

そううれしげに言う陽向の股ぐらからも、また新しい愛液が垂れ流されて、ふとももまでぬらぬらになってしまっている。

「…………」

奇妙にまぬけな空気のなか、啓太と陽向は見つめ合った。

「陽向ちゃんさぁ……」

「えへへ。なんか、夢中になっちゃった。啓太兄ちゃんのち×ちん、エッチだから」

半眼でツッコミを入れる啓太に、悪びれることなく陽向は笑って舌を出す。

もうこれで満足だという気持ちになっていたはずなのに……それからたいして時間も経っていないというのに、ふたりそろってムラムラして、またエッチしたくてしたくてたまらなくて、落ちつかない気分になってしまっている。

これでは完全に猿である。

どうするんだよ、これ……と物言いたげな視線を向ける啓太に対し、しかし陽向は、ただただ楽しげだ。

「いいよ。あたし、まだ元気だし」

「……ああ、もう」

本当に、啓太はどこまで行っても、陽向に振りまわされっぱなしだ。

おそらく、きっとこれからも、ずっとそうなのだろう。

「えへへ。啓太兄ちゃん、啓太兄ちゃん、ずっとずっと大好きっ」

幼い従妹が、茶目っ気たっぷりにオーケーサインを出す。

もうそれだけで我慢がならなくなってしまった啓太は、だからふたたび、自ら進んで、彼女の身体に溺れてしまうのだった。

◉新人作品**大募集**◉

マドンナメイト編集部では、意欲あふれる新人作品を常時募集しております。採用された作品は、本人通知のうえ当文庫より出版されることになります。

【応募要項】未発表作品に限る。四〇〇字詰原稿用紙換算で三〇〇枚以上四〇〇枚以内。必ず梗概をお書き添えのうえ、名前・住所・電話番号を明記してお送り下さい。なお、採否にかかわらず原稿は返却いたしません。また、電話でのお問い合せはご遠慮下さい。

【送付先】〒一〇一-八四〇五 東京都千代田区神田三崎町二-一八-一一 マドンナ社編集部 新人作品募集係

夏色少女《なついろしょうじょ》 いとこの無邪気《むじゃき》な遊戯《ゆうぎ》

二〇二三年七月十日 初版発行

著者◉楠 織【くすのき・しき】

発行◉マドンナ社
発売◉二見書房
東京都千代田区神田三崎町二-一八-一一
電話 〇三-三五一五-二三一一(代表)
郵便振替 〇〇一七〇-四-二六三九

印刷◉株式会社堀内印刷所 製本◉株式会社村上製本所 落丁・乱丁本はお取替えいたします。定価は、カバーに表示してあります。

ISBN978-4-576-23070-2 ◉Printed in Japan ◉©S.kusunoki 2023